南极洲行记
GO FOR IT

散淡从容 —— 著

甘肃人民出版社

图书在版编目（CIP）数据

南极洲行记 / 散淡从容著． -- 兰州：甘肃人民出版社，2023.7

ISBN 978-7-226-05848-0

Ⅰ．①南… Ⅱ．①散… Ⅲ．①游记－作品集－中国－当代 Ⅳ．①I267.4

中国版本图书馆CIP数据核字（2022）第110294号

责任编辑：李依璇
封面设计：小贾设计

南极洲行记

散淡从容 著

甘肃人民出版社出版发行

（730030 兰州市读者大道568号）
北京中科印刷有限公司印刷

开本880毫米×1230毫米 1/32 印张10.5 插页2 字数275千
2023年7月第1版 2023年7月第1次印刷
印数：1~4000

ISBN 978-7-226-05848-0 定价：88.00元

自序

我一直以来就是个对未知事物充满好奇的人。对所有未曾涉足的疆域,都有着一探究竟的渴望。进入大学后,远离了家长的管束,便更是放飞自我,一头扎进了由同样年轻的学生们自己组织的社团——北大登山队。从此,浪迹天涯。

在这帮生死相托的同伴的带领和裹挟下,在自身的渴望和激情中,我有幸参与了这个小小的学生团体从草创时的默默无闻,到成长为在国内高校中具有一定知名度的学生社团的全过程。

回首既往,我愈发觉得,这种参与其实就是"在你进入社会,面对人生真实困境前的一场实战模拟"。筹备攀登时屡败屡战的坚持、日常训练里形形色色的咬牙切齿、登山过程中千奇百怪的磨难和胜利归来后的自豪,都像是走入社会后,生活中种种困境、顺境的提前展现和历练,或多或少地在潜移默化地影响着你。正是这场实战模拟,润物细无声地影响、磨练和塑造了今天的我自己。

在这其中让我感受最深刻的一点就是:乐观、从容!

我认识的登山者,可以说,无不积极乐观。因为,这种"藐视一切困难"的乐观、从容是登山活动逼出来的。

众所周知,登山是个没有观众的小众运动,是属于小团体的自我依靠和自我抗争。这项运动具备与生俱来的孤独感。雪山里,人迹罕至,数百平方公里内,可能就你们几个人。除了风声,四周显得极其安静,人则仿佛是被笼罩在一种与世隔绝的环境里。

我自己就陷入过类似困境。那时,我还是登山的菜鸟。有一次,我们攀登小组被突如其来的暴风雪困在了海拔6000多米的C2营地。雪很大,遮天蔽日,而且持续不断,看不到何时能终结。身处暴风雪中的高山营地,放眼望去,天地白茫茫一片,数十米开外就已经模糊不清。

向上?日月无光,不分东西。根本找不到山顶,找不到路!

下撤?风雪弥漫,不辨南北。这要是万一迷了路,或误入本来就不明显的冰裂缝,那就什么都不用说了。

所以只能困守。然而长时间的困守也不是件容易的事。食品、燃料都已经开始计划外消耗;空气稀薄,大运动量的折腾是不明智的,但埋头睡觉也不是一个好选择,总要保持一份警惕,不时抖落帐篷上的新雪,防止帐篷被压垮,或被大雪直接掩埋……

一天过去了,两天过去了,大雪却根本看不到有停的迹象。整个人被"为天地所弃"的无助感所笼罩,随之变得越来越焦躁。

这种情况下,我清楚地记得,同在一个帐篷里的老队员,转述了中国登协前主席史占春前辈遇到类似攀登困境时曾表达过的一句话(大意如此):"巴掌大的狗老天,我看你(暴风雪)能下到什么时候！"

前辈的话可能只是在怼天怼地，在发泄愤怒，但对当时的我却是一种鼓励。学着前辈的样子，我也强扮振奋，蹩脚地反复模仿着：

"巴掌大的天，我看你能下到什么时候！"

"巴掌大的天，我看你能下到什么时候！！"

"巴掌大的天，我看你能下到什么时候！！！"

奇迹出现了。我心态渐渐平和下来，思想也不再钻死胡同了。而少了很多无谓的纠结之后，时间也变得不再那么难熬。

最终，我们等到了晴天，等到了救命的太阳！

多年登山中数次遭遇类似困境并转危为安的经历，促使我常常反思走出困境时的心路历程，并最终形成了自己对待困难的态度——

遇到困难，要乐观对待，从容处置。

抱怨不能解决问题；同样，乐观也丝毫不能降低困难的程度，但它能带给你更冷静和从容的心态，以便你心有余力去寻找可行的解决问题的途径，或带给你一个相对积极的情绪，相信自己的能力，相信办法总比困难多。

除登山外，这种乐观态度在我的日常生活中也屡屡奏效。比如，在面对工作中的困难时，我就总是在帮小组成员建立信心："这个项目的负责人是我，虽然问题还没有解决，但天塌下来有个子高的人顶着。我都不怕（有信心），你们怕什么？"然后，困难如预期而来，最终又被我们成功地熬了（克服、解决）过去……

一次次地从中受益，也一次次地坚定了我保持这种"乐观、从容"心态的决心。我将我自己的笔名改为"散淡从容"，就是时刻告诉和提醒自己，要乐观、从容地面对所有的事情。不急，不躁，天塌不下来！

这样的坚持逐渐成为习惯，并在我工作十年后，在我再度陷入迷茫的时候，默默地搭救了我。

那时，因健康方面的缘故，我逐渐失去了部分正常的身体机能，给工作和生活带来了不少麻烦。为图改善，我四处求医，就像溺水者希望抓住最后一根救命稻草那样，攥紧每一个号称能治愈或改善身体状况的机会。

求医成了我生活的全部，然而，该失去的还是无情地失去了。虽百般努力，但终究金石无效，叫天天不应，叫地地不语，无助感再次弥漫了整个生活。我也开始徒劳地抱怨，也曾经对家人无端地发火。

但"乐观、从容"的好习惯很快通过潜意识再次拯我于水火。

从某一刻起，我冥冥中觉得，这种无助感有似曾相识的感觉。对，就是那种独自身处暴风雪中高山营地般的无助！进而记起史前辈的那句话——"巴掌大的天，我看你能下到什么时候！"记起帮我走出困境的"乐观、从容"，记起这种"乐观"虽然没有让暴风雪戛然而止，但的确让我在那种困顿中好过了许多，并得以最终"从容"地熬过那次长时间的暴风雪。

现在，我再一次陷入了类似当年的思想困境，回想那时帮我走出这种困境的心理历程，我清醒了，我需要的依然还是曾救我于危难的"乐观、从容"。

想清楚了,漫天乌云也就散了,我逐渐又满血复活了。记得某部电影里有这么个场景,男主角在磅礴大雨中用歌声向女主角倾诉:"今天是个好天气,因为有你和我在一起!"的确是这样,心态不一样了,雨天也是好天气;看待世界的角度不一样了,周围的一切也就完全不同了!

我突然,却是很高兴地发现,我以前一个只能悄悄想想的40岁退休的心愿,居然"嗖"地实现了!离"数钱数到手抽筋"固然还有很大的距离,但"睡觉睡到自然醒"却已经不期而至。

突然拥有了大把可供自由支配的时间的事实,印证了那句话:老天关闭一扇门的同时,肯定也会为你留下一扇窗。有了时间,我可以去读书,从严肃的文史哲,到轻松的旅行文学;从世界起源,到科幻未来。有了时间,我选择去旅行,在我身心最棒的时候,去接茬探索未知的世界,去充分展示那个足迹遍天下的、风尘仆仆的中年男人的沧桑背影。

而更妙的事情是,我发现读书和旅行可以完美地结合!于是,每次在路上的时候,我都贪婪地吸收各种感兴趣的相关资料,然后结合相机镜头,用文字记录下自己的行程与行走体会,并以公众号的方式展示。

读书不再只是纸上谈兵,而旅行也突破了"白天看庙,晚上睡觉"的局限。充裕的史料、闲散的步履,两者有趣地结合在一起。

本书正是这种生活方式的产物。

在我的南极之行尚未展开的时候，我就已经开始收集和阅读关于南极探险的书籍。从中我了解到1911年挪威的阿蒙森和英国的斯科特各自率领一支探险队，以相互比赛、彼此竞争的方式，先后到达南极点。返程时，阿蒙森成功了，但斯科特的探险队却遇到了极为恶劣的天气，最终为天地所弃的悲壮历史故事。

他们"为天地所弃"的无助和我在雪山上的经历无比相似，这无疑引发了我的共鸣。很自然地，我就产生了向大家介绍这段历史的愿望。

由是，便出现了摆在您面前的这本小书。

这本书由"行"和"史"两个交叉在一起讲述的故事组成。"行"是关于我们自己的南极半岛之行，"史"则是讲述了那段波澜壮阔的南极大发现的历史。

该如何把这两个时空差异巨大的故事合理地糅合在一起呢？百般尝试之后，我决定向霍达女士学习。她那部曾获茅盾文学奖的大作《穆斯林的葬礼》一书也是由两个故事，"玉"和"月"组成的。两个发生在两代人身上的独立故事，被拆分成若干章节，彼此交错讲述。读者既能明白这是两个各自独立的故事，又能隐隐感觉到两个故事之间的相互牵连。

故借此文向霍达女士表示敬意。除了感于《穆斯林的葬礼》一书的凄美外，还为纪念一下，我为电影版《穆斯林的葬礼》（即《月落玉长河》）曾经跑过一天龙套的愉快经历。

由此，就有了本文D1、N2、D3、N4的交错式文章结构，多少也寓意着"一段极昼，一段白夜，昼夜交替"。

由衷感谢我南极之行的同伴——王诗宬和张永红,在两位老友的协助下,此行才得以圆满完成。本书中采用的很多相片,也多出自两位之手。①

散淡从容
于壬寅孟冬,北京

---

① 本书中所有未标明图源的各类示意图均为自绘;所有未标明图源的照片均为自摄,或已取得拍摄者的使用授权。

CONTENTS
目录

001　D0：源起
007　D1：在路上
013　N2：寻找传说中的"南方大陆"
021　D3：好空气！
031　N4：是谁发现了南极大陆？（上）
041　D5：落日海湾
047　N6：是谁发现了南极大陆？（下）
056　D7：世界尽头
061　N8："芝麻开门"了
071　D9：南极，我来了
081　N10：姗姗来迟的主角们
089　D11：不到"长城"非好汉
100　N12："发现号"之旅——斯科特的第一次南极探险
113　D13："吃饭、睡觉、打豆豆"——库佛维岛
124　N14：极点赛"鸣枪"前的阿蒙森
133　D15："大气磅礴的天堂"
147　N16："尼姆罗德号"之旅——沙克尔顿的第二次尝试

157　D17："计白当黑"

168　N18：极点赛之"各就各位……"

181　D19："春和景明，波澜不兴"

191　N20：极点赛之"预备……"

204　D21："日星隐曜，山岳潜形"

212　N22：极点赛之"跑！"——阿蒙森篇

226　D23："冰山·鲸之旅"

233　N24：极点赛之"跑！"——斯科特篇

249　D25："骗你没商量"

261　N26：成与败，哀与荣

280　D27：动物乐园——半月岛

287　N28："最伟大的失败者"——沙克尔顿第三次南极探险

303　D29："兴尽晚回舟"

312　N30：余波荡漾

321　跋

D0：源起

初见南极半岛地图的时候，心里自然而然地就涌出"岛瘦礁寒①"一词。这恰好是对南极半岛凄瘦狭长，且寒礁遍布的特异地貌之入骨描述，顿有妙手偶得之感。

"九死南荒吾不恨，兹游奇绝冠平生"是我毕生的夙愿。于是，从中学起我就开始游荡江湖。大学四年，"寒假足迹三千，暑期行程过万"。毕业之后，我更是有意无意地找了个需要天天出差的工作，只一年内便拿下航空公司金卡。在如此强度的折腾下，大概在不到三十岁的时候，我就已经走遍了中国所有的省，并开始把目标转向全世界。

这样的生活，我乐此不疲。偶尔也感慨两句"不愁三十且无

图0-1：南极半岛形状示意图

---

① 原词实为"岛瘦郊寒"，古人以此形容中唐诗人孟郊和贾岛清奇悲凄的诗风。

家，但喜四海多朋友①"。但"四海为家"这话，说着实在是没底气，毕竟，"四海"还差一大块——南极洲，没涉足呢。

自然而然地，南极大陆便成了我那时的关注目标。

恰好此时，王老师和"自己人②"提出了去南极的建议，我就像瞌睡者遇到了送枕头的，毫不犹豫地加入了他们的行列。

王老师和"自己人"建议我们先去南极半岛（Antarctic Peninsula），因为南极半岛的旅游资源丰富，可看可玩的东西很多，而极点只有茫茫雪原。当然，这条路线的缺点也是很明显的，那就是没有到达南极点，毕竟，"南极半岛游"的重点还是在亚南极地区。

不过，南极洲面积1424.5万平方公里，相当于一个半中国，估计没人会认为来南极洲一趟，就可以穷尽这片大陆的种种神奇。既然任何想毕其功于一役的想法都是不现实的，那么还是走"农村包围城市"的道路，从南极洲外围开始，像剥卷心菜似的，一层一层慢慢欣赏吧。

即便决定了去南极大陆自然条件最优越的南极半岛，我们还是只能跟团。因为这里完全没有自助游必备的交通和餐饮住宿设施。当然，跟团也有跟团的好处，比如全程有船只跟随，吃住不用操心；每日登陆两次，岸上活动的安全也有人保障；休息时间还有探险公司组织的各种南极地理、历史、动植物方面的知识讲座等。

于是，我们在南半球的初夏拜访了南极半岛。这时的半岛气温乍暖还寒，大地虽然覆盖着积雪，但万物已经开始复苏。各种活跃于

---

① "不愁三十且无家"摘自王诗宬老师在我三十岁生日时所赐之诗。此句虽非出自我口，但实是尽述心声，便多次"盗用"，只盼王老师大量不怪。另外，"三十"现在应该做相应的调整了。

② 此次行程的伙伴，北大登山队队友张永红，外号"自己人"，此人很Nice，经常帮助大家，大家感谢他的时候，他总是说："不用谢，大家是自己人。"久而久之，这个就成了我们称呼他的固定模式。后不累述。

图0-2：上山下海、操舟弄桨

极区的动物——悠闲的鲸鱼、肥胖的海豹、笨拙的企鹅、翱翔的信天翁,可供观赏;多样高寒海区风光——冰冷刺骨的海洋、晶莹剔透的海冰、形状各异的火山岛,足堪领略。期间,我们上山下海、操舟弄桨,也忘情地参与进这南极半岛的喧闹中。

夏初的南极半岛已经逐渐进入漫长的极昼时期,真正的黑夜变得极其短暂。基本上太阳下了山,天也不黑,就像被一层散发着淡淡光芒的白色雾霾笼罩着。温温吞吞地熬着、熬着,然后一不注意,太阳又从另外一个方向冒出头来。

图0-3: 亮堂堂的夜

图0-4: 昼长夜短

白昼里,探险公司虽将活动安排得丰富多彩,体力也消耗得相当充分,但到了"晚上",我们还是不觉疲倦,总无法在亮堂堂的夜晚安心入眠。

幸亏事先对此有所准备。我们上船前采购了足量的葡萄酒，并有选择地携带了讲述南极探险的书籍，以期温酒观书，以消永夜（虽然很短暂）。

谁知书一捧起来，便欲罢不能。看着南极探险的先驱们使出十八般武艺，各展所长，为揭开地球上最后秘境的面纱吃尽了各种苦头；看着他们凯旋成为大英雄；也看着他们被默默遗忘或葬身冰雪之下。

不自觉地，就被百年前这场波澜壮阔的南极大发现所感染。情绪激昂之余，遂萌生了在介绍我们的南极半岛游之余，也概略描述一下南极英雄时代种种传奇的想法。这些传奇中，尤其以阿蒙森、斯科特为主线的，南极点的竞争过程引人注目——他们俩分别率领各自的探险队，几乎同时出发，争先恐后地，又是殊途同归地先后到达南极点；转身却以荡气回肠的结局了结了这场世纪之争——胜者、败者同时成为了时代的英雄！

于是，请大家，

极昼，与我们一起，登临南极半岛，体验这新奇大陆的壮美；

白夜，同英雄们一道，参加那场惊心动魄的奔赴南极点之争！

冷知识

南极半岛旅游的时间选择

南极的最佳旅行时间非常短，只能是每年的11月底到来年3月初。南极半岛也是这样。

11月末至12月初，南半球天气正值春末夏初。即便是高纬度的南极半岛天气也逐渐好转，多见晴天，风较小，气温开始转暖，但体感温度仍然偏低，还有些"夏寒料峭"。这个时候的南极半岛上，积攒了一个冬天的冰雪刚刚开始融化，大地仍然还是一片银装素裹；而万物却已经苏醒，到处呈现出一派生机盎然的景象。

12月中至2月中，南极半岛则进入盛夏阶段，气温已经达到一年中的最高，地表的冰雪已完全融化。此时的好处是，可供游客行走的"路面"不再湿滑，气温也更为舒适。而缺点则很明显，因为冰雪消融，大地开始显得满目苍夷，企鹅、海豹们"嗨"了一夏积攒下的生活痕迹，更使得这时的空气也不再如春末夏初那般凛冽清新，而是变得温湿腥膻。

2月末至3月初，时间已至夏末，像鲸鱼等很多动物都开始踏上了它们向北迁徙的征程，而难觅芳踪。天气开始逐渐变坏，游轮提供的登陆机会也会频繁被迫取消……

一言以蔽之，夏初的南极半岛寒冷但风景好，而夏中则舒适且安全，至于夏末，则更接近南极原有的味道。

D1：在路上

说来也巧，我们的出发，竟然意外地登上了中央电视台的《焦点访谈》。

画面中，我聚精会神地查看着护照上的签证，浑然不觉摄影机的存在。朋友们则多认为我在数钱，全神贯注，目不窥园。其实，当时我只是在感慨，2013年我第一次去阿根廷自助旅行时，为了申请该国签证而遭受到种种磨难，没想到这次居然如此轻易地就搞定了。

我们的目的地是南极半岛，需要借道南美诸国方能到达。而中国通往这些国家的旅途是漫长的，加上衔接航班之间的等待，整整折腾了我们将近40个小时。

图1-1：《焦点访谈》的"焦点"
（图源：中央电视台《焦点访谈》）

图1-2：南极半岛游路线示意图

长路漫漫，无心睡眠。正好，借此无所事事的旅途之闲，我们来谈谈去往南极旅行可能的几种方式吧。

提到南极洲，大家想到的恐怕都是寒风呼啸的茫茫白色冰原。走上南极大陆，自然就应该像南极大发现时代的阿蒙森、斯科特那样，驾驭着狗拉雪橇，冒着漫天风雪，昂首挺胸地在冰原上跋涉。

如此浪漫的情景，很是吸引人。一番研究下来却发现，《南极条约（Antarctic Treaty）》已经禁止除人之外的狗、马等非南极动物登上这片纯净的土地；而且整个大洲也绝无什么定期的公共交通方式可供选择。只有专业公司提供定制的航空交通、陆地运输和宿营等服务，但费用却不是你我一般人能承受得了的。

一度也曾动过念头，看是否能搭中国南极科考站的便车，但缺少南极相关专业技能，参加合作科考的可能性基本为零。剩下的机会就是报名科考站的后勤保障志愿服务者计划，为各科考站提供做饭、生活设施维护等后勤服务，从而得到前往南极的资格。但仔细研究后，还是感觉不靠谱。主要就是不自由,在南极站服务的时段里,基本只能在巴掌大的站区附近转悠,出来透气看风景的机会寥寥无几。故而也不作多想了。

剩下的选择就只有参加旅行商业团。价格在承受范围内的行程有多种:

从阿根廷乌斯怀亚(Ushuaia)或智利蓬塔阿雷纳斯(Punta Arenas)出发,坐船横渡德雷克海峡(Drake Strait),游览南极半岛(Antarctic Peninsula)。部分线路会增加马尔维纳斯群岛、南乔治亚岛动植物观光等活动,或根据游客需要,沿着南极半岛海岸线向南,进一步深入高纬度地区。

南极半岛线路旅游资源丰富,但该线路也有遗憾,那就是没有到达大家心目中南极洲最重要的地方——南极点。

从南美洲或非洲出发,还有若干深入南极内陆的旅行团可供选择。

以智利路线为例:先从智利的蓬塔阿雷纳斯飞南极洲联合冰川(Union Glaciar)营地;然后以此为基地,选择合适的天气,前往更深入的目的地。

攀登文森峰

文森峰(Vinson Massif),海拔5140米,是南极洲最高山峰。此山海拔不算高,路线也较为简单,但身处南极大陆决定了它的寒冷且狂风肆虐。即便如此,头顶着"七大洲最高峰之一"光环的文森峰每年都能吸引来众多的慕名者。

登山者将从联合冰川营地换乘小飞机,到达山脚下的登山大本营

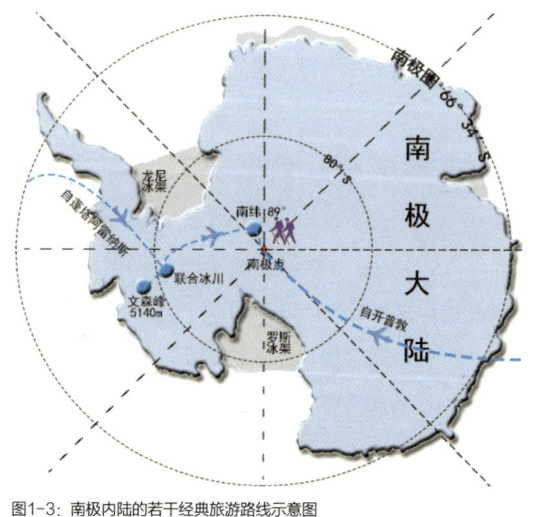

图1-3: 南极内陆的若干经典旅游路线示意图

（路线见图1-3），然后开始攀登文森峰。整个攀登过程需时较长，很大程度上依赖天气。

滑过最后一度！

"滑过最后一度！"英文名为"Ski Last Degree"，就是从联合冰川营地乘飞机飞到距离南极点只剩一个纬度的地方（南纬89°，见图1-3）[①]，然后在向导的带领下，以滑雪的方式，拉着装有宿营装备和补给的雪橇，徒步跋涉到南极点，充分体验当年赤手空拳的探险者们与南极大自然进行的艰苦抗争。

这是个听着很浪漫，但被组织者标为极度艰苦的活动。你要冒着零下40℃的极低温度，顶着狂暴的风雪，在海拔3300米的高原上，拖拽着笨重的雪橇，徒步行走数日。过程中你吃不好（只有方便食品）、睡不着（南极白昼，24小时白天），体力濒临崩溃，但精神却无比紧张。因为静寂的旷原中没有丝毫人类来过的痕迹，满目纯白的平原不能提供任何参照物，而只能晃瞎你的眼睛。我们平常赖以识别方向的指南针在这

[①] 一个纬度的经线长是110公里。具体徒步行走距离，可以根据自己的体力和经济能力，与服务商商榷。

里也失去了作用①。盯着几无变化的GPS（Global Positioning System，全球定位系统），总是怀疑它是否还在正常工作，而自己是否正在像鬼打墙似的，盲目地在兜着圈子。

然而，这种自虐行为却深为资深驴友推崇。

极点，极点！

从联合冰川直飞南极点。在无数普通群众眼里，南极就只有南极点。

但南极点毕竟位于距离海边1000多公里的内陆，严寒、干燥，景色只是单调的白色平原。平原上起伏不大，视野中甚至没有任何动植物，只有美国阿蒙森–斯科特（Amundsen–Scott）科考站和象征极点的水晶球可供留影。

图1-4：南极点

阿蒙森–斯科特科考站并不为不告而来的旅客提供餐饮住宿，历经

---

① 地理南极和磁极并不重合，单靠指南针无法指引前往地理极点的方向。

千辛万苦才到达这里的游客们便只能草草走马观花一番，照几张到此一游的相片，然后马上又飞走。当然，你也可以选择在探险公司的安排下，搭帐篷露营一夜，享受一下太阳当头的夜晚。

除此之外，还有一些定位较为高端的南极旅行，但往往时间长、价格高，所以这里就不详细介绍了。

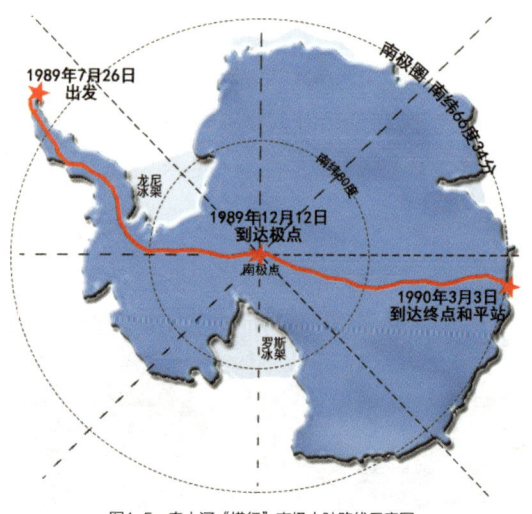

图1-5：秦大河"横行"南极大陆路线示意图

最后，给你一个疯狂的建议，这也是我的梦想：先立个高大上的旗号（Flag），并以此为由弄上一大笔钱，然后就可以像秦大河①老先生那样"横行"南极了。

---

① 秦大河，中国冰川学家和气候学家。1989.7-1990.3参加并完成国际徒步横穿南极大陆科学考察，成为中国第一个徒步横穿南极大陆的人。

N2：寻找传说中的"南方大陆"

我们的航班离南极大陆越来越近，在另一个时空中，南极地理大发现的前辈们也向南，向着未知出发了。

地圆说、地心说

公元前6世纪，古希腊数学家毕达哥拉斯最先提出大地是圆形的，因为他觉得圆形是最完美的几何图形（一说是因为他在观测月食的时候，发现地球留在月亮上的影子是圆的）。

到了公元2世纪，托勒密更是将"地圆说"推到了新的高度——"地心说"。托勒密预言："大地是球形的，在南方肯定有一块与北方（欧亚）大陆相对应的陆地，以维持大地的平衡。"

图2-1：托勒密和地心说

说明：托勒密在"地圆说"的基础上，将天体运行纳入整个体系，进而提出了我们熟悉的"地心说"理论体系。
图源：安德烈亚斯·塞拉里乌斯《和谐大宇宙》（Andreas Cellarius,《Atlas Coelestis, seu Harmonia Macrocosmica》。）1708年版

托勒密的这一预言,就和他的"地心说"一样,在整整1500年时间里深入人心,被普罗大众奉为圭臬。

就像相信亚特兰蒂斯大陆(大西洲)的存在那样,无数欧洲人也深信,在南半球有一个与欧亚大陆相对称的"南方大陆"。那里幅员辽阔,宽窄将近8000公里;大陆上气候温和,动植物繁茂,地下遍布金银矿藏;有将近5000万拥有高等级文明的人类在此生息繁衍。

航海大发现

时光荏苒,眨眼到了15世纪初。随着文艺复兴的兴起,欧洲逐步走出黑暗的中世纪。当时,日益发达的造船工业已经能制造出适宜远航的大船,而中国发明的指南针也传入了欧洲,再加上相关地理知识的多年累积等因素,使得远洋航行成为可能。

趁此东风,各国航海家们纷纷登上了历史舞台,前仆后继地,共同掀开了辉煌的航海大发现时代的序幕。

15世纪30年代,葡萄牙王子恩里克率先向当时欧洲人的航海极限发起挑战。在他的组织下,葡萄牙人先后发现了几内亚、塞内加尔、佛得角和塞拉利昂等西非国家,并于1487年绕过了南非好望角,进入印度洋。

1492年,为西班牙政府效力的哥伦布横跨大西洋,发现了新大陆——美洲,一举将航海大发现时代推向了巅峰。

1498年,葡萄牙人达·伽马驾船绕过好望角到达印度,成功开辟了欧洲对印度和中国等远东国家的航海贸易航路。

1519年—1521年,麦哲伦率领的西班牙探险船队完成了人类首次环球航行。他从欧洲向西向南航行,绕过南美大陆最南端,进入太平洋,并最终取道南非好望角回到欧洲,从而无可辩驳地证明了"地球是圆的"。

……

"航海者"恩里克王子

上述几位航海先驱中,大家最不熟悉的可能就是恩里克。

恩里克是十五世纪葡萄牙亲王,他组织和资助了最初"持久而系统的航海探险",为航海大发现指明了发展方向。同时,他将探险与殖民结合起来,使探险变成了一个有利可图的事业,从而持续有效地推动了成千上万的冒险者持续地探索这个未知的世界,为航海大时代的彻底开展奠定了坚实的物质基础。

有历史学家评价恩里克:"无论对葡萄牙还是对整个欧洲,恩里克事业的重要性是无法估量的。从他的航海时代起,每一个从事地理大发现的人,都是沿着他指明的方向在前进。"

图2-2 葡萄牙里斯本航海纪念碑
最前上方手中捧船、眺望远方者就是恩里克

寻找"南方大陆"

航海大发现使西班牙、葡萄牙和荷兰等老牌海洋国家发了大财,他们或发现了新的大陆,使国家得到了海量的金银贵金属、肥沃的殖民地和廉价的劳动力;或因开辟新航线,控制了全球贸易,国家也从中获得了大量财富。

随着18世纪欧洲工业革命的开展,英国也加入了世界海洋的争夺当中。但他们毕竟是后来者,已知的世界已经被更老牌的海洋大国瓜分完毕了。

如果说英国人对此不妒忌是不可能的。相反,他们眼红不已,总是在幻想自己也能复制西班牙人一夜暴富的好运。于是,在很大程度上,他们把希望寄托在了发现传说中的"南方大陆"上。

不久,机会来了。据科学家预测,1769年将发生一次百年一遇的金星凌日天文奇观。通过观测这一现象,将有助于人们更准确地计算地球到金星,甚至到太阳的距离,并加深对整个太阳系的认识。而欧洲人一年前刚发现的,位于南太平洋的塔希提(大溪地)岛则被列为全球七个最佳观测点之一。

英国政府派遣库克船长[①]率领"奋进"号帆船,搭载科学家们前往塔希提岛,去完成对这一天象进行观测的使命。这位英国探险家、航海家一战成名,除发现包括夏威夷在内的大量太平洋岛屿外,还为南极洲的发现奠定了坚实的基础。

库克船长的第一次环球航海探险

1768年,库克船长的塔希提岛之行被赋予了一个连观测金星的科学家和船上水手都不知道的特殊使命,那就是搜寻神秘的"南方

[①] 詹姆斯·库克(James Cook),英国皇家海军军官、航海家、探险家和制图师。库克曾经三度前往太平洋地区探险,发现大量太平洋岛屿并绘制了较为精准的地图,人称太平洋之王。

大陆"。英国希望自己的行动能瞒过欧洲各国,尤其是老对手法国。此次观星之举正好为他们提供了一个进行环球航行的合理借口。英国当局秘密授意库克船长,在学者们完成位于塔希提岛的观星活动后,悄悄驶向南太平洋,去寻找传说中神秘的"南方大陆"。一旦有所发现,就立刻宣布英国对该大陆的领土主权。

库克船长忠于职守,在如期完成了观星活动后,扬帆南下,去执行自己的秘密任务。由于他当时能找到的所有海图对那片神秘大陆的位置全都语焉不详,所以,"奋进"号一直在南太平洋的狂涛巨浪中,仔细搜索着任何一片可能存在大陆的陌生海域。

搜索过程中,库克船长也曾竭尽全力地向南行驶,但低温酷寒、白浪滔天还是阻止了他的步伐。因为库克船长奉命寻找的"南方大陆",在传说中是一片适合人类生存的温暖的陆地,而不是滴水成冰的高纬度不毛之所。因此,库克船长放弃了进一步南下,进而回身继续在南大洋中找寻。

经过三年的海上漂泊,库克船长也没有找到目标中的"南方大陆"。但他至少证明了地理学家们几个世纪以来标绘在地图上的"南方大陆",并不在当时地图上

图2-3:库克船长
图源:澳大利亚国家博物馆

017

所给出的位置。

最终，库克船长不无愧疚地报告英国海军大臣，他认为那个大陆可能并不存在。

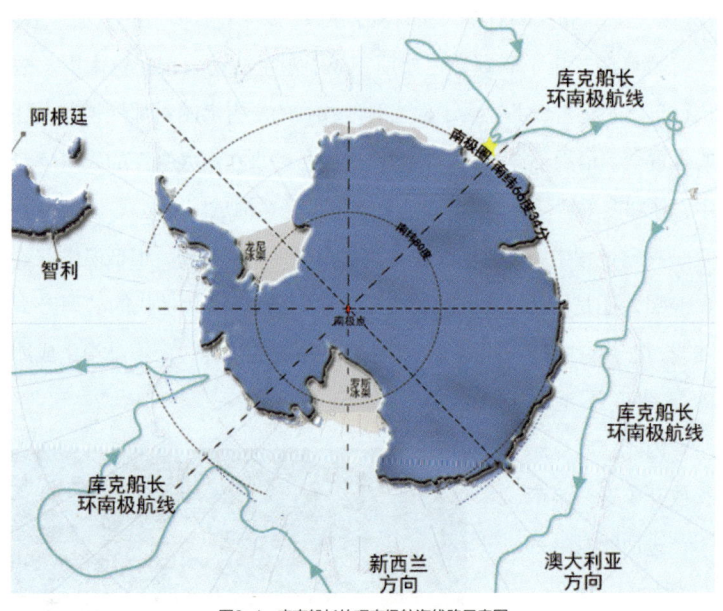

图2-4：库克船长的环南极航海线路示意图
右上黄点处即库克船长到达的距南极大陆最近的地方

库克船长的第二次航海探险

英国政府不甘心失败，于1772年7月再次命令库克船长率领船队前去寻找"南方大陆"。

库克船长通过第一次探险活动知道，如果真有"南方大陆"存在的话，那么只能在更南的高纬度地区。于是，这次他们计划一直向南，进入前人未曾到达过的苍茫无际的南大洋高纬度海域。

库克船长的探险过程是艰辛的。疾风呼啸、冷气袭人的南大洋给库克船长带来的是无穷无尽的麻烦。船体结了一层厚厚的冰壳,船员们在甲板上的日常操作也变得困难异常,偶一失足坠入冰冷刺骨的大海,那就肯定有去无回;船只的操控者,终日在寒风中瑟瑟发抖;船桅杆上的观测者更是涕泪横流,就连身上御寒的衣物也都被冻得僵硬。

最终,库克船长和他的船员们还是经受住了困难的考验,荣耀地成为"第一批进入南极圈的探险者"。1774年1月30日清晨,库克船长更是创造了人类到达的最南纪录,即南纬71°10′(西经106°54′)。

然而这一突破并没有给他们带来发现新大陆的好运,茫茫冰海不但阻断了他们前进的航程,还危及船只和船员的安全。库克船长感到危难重重,百般为难之后,还是下令掉头返航。

其后,库克船长在太平洋、大西洋和印度洋的南部海域,像过山车似的沿着南北方向反复航行,确保不会错过任何具有一定规模的陆地。

令人遗憾的是,库克船长的努力最终并没有得到应有的回报。他与南极洲失之交臂。库克船长永远也不会知道,他的船曾经距离他心心念念的"南方大陆(南极大陆)"最近处仅有120公里!

冷言冷语

库克船长的第三次航海探险的主要活动范围是北太平洋,故不做累述。而库克船长本人正是在这第三次航海探险行将结束时,于1779年,在与夏威夷土著的冲突中罹难。

库克船长虽然最终也没有找到"南方大陆",但他已经可以为他的成就感到欣慰。他成功地完成了首次环南极大陆的航行,对南极附近的海域,以"不漏掉任何一片可能存在的陆地的方式",进行了穿越航行。

库克船长的发现之旅,成了在过去的两个世纪里,海上列强和地理学家们寻找"南方大陆"的终结点。

D3：好空气！

据说，在北京朝着地心垂直打个洞，那么出口就在布宜诺斯艾利斯。所以，阿根廷无疑就是这个星球上离我们最远的国家。

的确如此，我们从北半球飞到了南半球，从东方世界飞到了西方世界。在踏上目的地的那一刻，我们不约而同地感叹道："'好空气'终于到了！"

没错，布宜诺斯艾利斯（Buenos Aires，后文统一简称布宜）在西班牙语里就是"好空气"的意思。当初的奠基者就是用他们乍临此地的第一声感叹命名了这座城市。

五月广场

我们布宜观光的第一站选择了五月广场。

冷知识

南美前殖民城市中心广场

南美任何一座被西班牙殖民过的城市几乎都有座中心广场。

当年的殖民者在规划新移民点的时候，第一个举动就是选择一片较为开阔和平整的土地，作为未来整个城市的中

> 心。广场一边是市政厅,代表政权;而另一边则是天主教位于本地的主教座堂,代表神权;中间开阔的空地,则是政府欢度节庆、宣布法令、处决犯人的地方。在没有重大活动的日子里,这里还是市民交易的大市场;而到了节假日,这里又变成了市民们聚集在一起唱歌跳舞的场所。
>
> 移民们则围着中心广场来建造自己的房屋,慢慢地整个城市都以此为中心辐射开去。

五月广场的前身就是当年的殖民者建立的中心广场,它与布宜几乎是同一天诞生的。后来,为纪念阿根廷于1810年5月25日摆脱西班牙的殖民统治,广场改名为五月广场。阿根廷总统府、布宜市政厅(已改建为博物馆)、天主教布宜主教座堂、阿根廷经济部和国家银行等重要部门都集中在这里,是名副其实的阿根廷心脏。

沿着广场的中轴线西行,矗立在最前方的是为阿根廷独立做出重要贡献的贝尔格拉诺将军的铜像,其后飘扬的就是将军亲手设计的阿根廷国旗。广场正中央则是一座不高但很秀美的白色方尖碑,顶端屹立着自由女神,傲娇地宣示着阿根廷摆脱了殖民统治,走上独立自主的发展道路。

总统府

总统府就在五月广场的正东方。这是一座粉红色的建筑,迥异于布宜的其他建筑。人们则多称其为"粉宫"或"玫瑰宫"(Casa Rosada),是这座南美名城最亮丽的地标建筑。"粉宫"这一称呼就和"白宫""克里姆林宫"一样,是现代阿根廷政府中央权力的庄严象征。

图3-1: 五月广场
图源: 布宜旅游局网站

图3-2: 阿根廷总统府
——粉宫

网红景点,总是人山人海。我们只好站在五月广场上远远地眺望。

冷知识

粉宫的来历

　　仔细看粉宫,你马上就会发现大门左右两侧的建筑物,不管是长度还是诸如阳台之类的细节,全都不一样。
　　没错,粉宫的确是不对称的!这是不同时期的两幢大楼拼凑起来的结果。

　　原本，总统是在位于今天总统府北侧的布宜海关大楼里办公。后来，海关大楼的南侧建立了意大利文艺复兴风格的邮政大楼。但问题来了，新的邮政大楼太漂亮了，海关大楼相形见绌。"是可忍孰不可忍"呀！当时的总统马上就决定，在海关大楼的基础上，参考邮政大楼的样子，建设一栋新总统府。这栋新建筑与原来的邮政大楼风格一致，只是把二楼的窗户换成了开放的阳台，以便总统在此接受人民的欢呼。

　　再后来，新总统府也不够用了。勤俭节约的（没钱的）政府再次出手，把邮政大楼兼并过来，并在原来的总统府和邮政大楼之间，建立一个略高于原来建筑的意式拱券将两者连成一体，从而形成了今天看到的"粉宫"。

主教座堂

　　离总统府不远就是布宜的天主教主教座堂，这是一座有两百多年历史的建筑。当代教皇方济各（Pope Francis）在成为教皇前曾长期在此布道。

　　教堂外立面非常简洁，是典型的新古典主义造型。右侧的墙壁上则悬挂着一盏长明灯——"阿根廷之火"。这盏灯于1950年点亮后，燃烧至今。

　　教堂内部很宏伟，多依靠建筑物本身的高大空间和线条变化来渲染神圣的气氛。中厅简单而厚重的祈祷长凳一排排重复地向前铺开，

图3-3：布宜主教座堂

图3-4：圣马丁陵墓前的换岗仪式

有意无意地营造出一种空间透视感，大众的目光自然地被导向位于教堂后半部的祭台和18世纪珍贵的雕塑。

非祈祷之时人不多，但两大群体泾渭分明。身着简朴素淡的，一定是信众；而穿着艳丽，手持导游图，颈挂相机的自然就是游客。两者均保持肃静，互不干扰，各忙其事。

我们很快就找到了圣马丁的墓。墓在中厅右侧一个凹陷的侧室内，门口有士兵站岗，想错过也难。

圣马丁是阿根廷的国父，他对现代阿根廷以及智利、秘鲁三国有着缔造之功，人称"南美洲的华盛顿"。圣马丁的墓前有卫兵站岗，我们碰巧赶上了他们的换岗仪式。可能是受限于狭窄的室内空间，整个仪式规模并不算大，士兵们动作也并不花哨。换岗者迈着稍显夸张的正步，走到被替换的士兵面前，双方互致敬礼并交换位置后，仪式便结束了。

冷知识

圣马丁

话说圣马丁绝对是个传奇人物。可以说,没有圣马丁,就没有南美的解放,就没有南美各共和国的独立和自由!

1817年,圣马丁率领他的"安第斯山军",赶走了西班牙保皇派,解放了阿根廷和智利。在把出任智利第一位总统的荣誉让给他的手下奥希金斯后,又挥师北上,解放了西班牙在南美的殖民大本营——利马,秘鲁宣告独立。

这时,传奇的事情出现了:圣马丁很快与同样率领大军南下的拉美解放者玻利瓦尔进行了会晤。两位拉丁美洲最伟大的战士一番长谈后(没人知道他们谈了些什么,会谈的哥儿俩谁也不说,生生让大家猜了200年),圣马丁同学将手中的军队交给了玻利瓦尔同学统领,继而自我流放到法国,直至终老。

从此,在南美解放运动中建立了不朽的功勋,享有"南美洲的解放者"以及秘鲁、智利、阿根廷三个共和国的"祖国之父"和"自由的奠基人"等各种尊称的圣马丁淡出南美历史。

但阿根廷人民没有忘记圣马丁,在他死后,将他的遗骸迎回布宜,葬在大教堂内,并且将阿根廷的国旗覆盖在他的棺椁上。棺椁旁,矗立着三位女神,分别象征着圣马丁所解放的三个国家:阿根廷、智利和秘鲁。

图3-5:"海到彼岸天作涯"
——拉普拉塔河景色

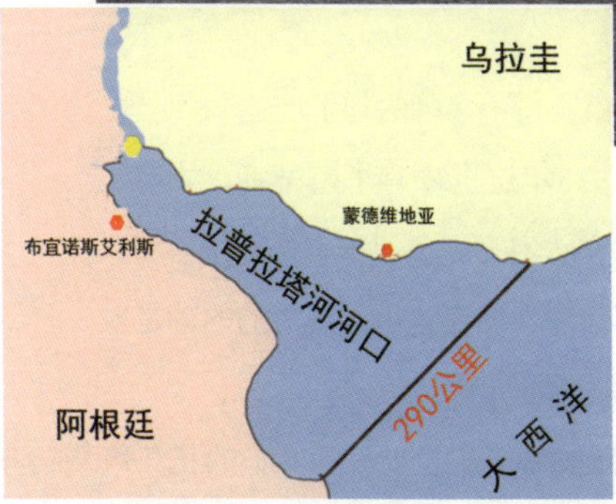

图3-6:拉普拉塔河口示意图

拉普拉塔河

离开五月广场,沿着宽阔的"7月9日大街"一路向北,我们来到阿根廷的母亲河拉普拉塔河河畔。

"拉普拉塔"在西班牙语中是"银子"的意思,因此"拉普拉塔河"这个名字和"阿根廷"一样,承担了西班牙殖民者对白银厚重的渴望[①]。

拉普拉塔河对南美洲的重要程度,不亚于长江、黄河之于中国。

---

① "阿根廷"在拉丁语中是"白银"的意思。

027

在充沛河水的滋润下，拉普拉塔河流域土地肥沃、物产丰富，孕育了南美洲为数众多的文化和经济中心。阿根廷首都布宜和城市罗萨里奥、巴拉圭首都亚松森、乌拉圭首都蒙得维地亚等城市和港口都在这一地区。

拉普拉塔河流至布宜时，河面已经变得无比宽阔，完全看不到对岸的乌拉圭。站在这里，就仿佛身在海边，正在做"海到彼岸天作涯"的感慨。

说到拉普拉塔河的"宽阔"，就不得不多聊两句了。

自古以来（其实没那么久，1535年这里才有了殖民者，才有了书写的历史），河两岸的居民就把它认定为一条河——拉普拉塔河。虽然，这条河真的很宽，各方面都像海，但在这里面流淌的的确是淡水，所以，它一直就被认为是如假包换的"河"！

但这条河实在太宽了，河口宽达290公里！要知道咱们的长江口是90公里，而以大喇叭口出名的钱塘江口也不过才100公里！

可想而知，这一宽度对河流本身及生活在两岸人民的影响。"百万雄师过大江"就别想了，没个数十小时，即便是机动船都过不来。二战时，德国标排1.2万吨的"斯佩海军上将"号战列舰更是在此轻松地打出了那场著名的"拉普拉塔河口海战"！没错，是在"河口"的"海战"！

时至近代，越来越多的人因为这个"宽"而提出了自己的意见："（拉普拉塔河的末段）太宽了，它不应该叫河，应该被称作湖，或海湾。"

可世界上并没有规定河的最大宽度呀。

很快，地质、地理学家也加进了这个战团。当然，他们的意见更加专业，主要论据就是河口的相关地貌和形成原因。

学者们指出，在拉普拉塔河口根本看不到丝毫三角洲地貌的样子。科学研究也证明了，这里是由于地壳沉陷形成的陆地豁口，而不是河流自行冲刷而淤积形成的那种传统意义上的河口①。

因此，这些专家认为这里是"海湾"，拉普拉塔河在图3-6左上黄点处就应该算是结束了。

但另一部分专家则坚称，这里是淡水，淡水，淡水！

天下只有咸水的湖，没听说过淡水的海！

因此只能是河。

最后，不仅各路野生专家在吵，连权威机构，如美国航空航天局（NASA）和欧洲航天局（ESA）都为此产生争议。NASA以密西西比河入海的墨西哥湾为例，倾向于将其定义为"拉普拉塔海湾"；但ESA则坚持以"淡水"为由，将其定义为河流末段——"拉普拉塔河末段"。

到底该听谁的？不知道。最后，南美地质协会只好出来和稀泥："最终名称由后代决定！"

冷言冷语

> 好像应该让河海大学的同学们来评测一下，他们好像既研究河，也研究海耶。

---

① 一般来讲，河流在其末段由于流速降低，河水中泥沙逐渐沉淀形成沙洲，进而迫使水流向沙洲两侧漫灌。如此多次反复，最终形成典型的河口地貌——既宽又浅的冲积三角洲。

太阳落山。暂时搁置这永无结果的河海之争，饥肠辘辘的我们直奔卡巴纳牛排馆（Cabana Las Lilas）。这是一家上次到布宜时发现的牛排馆，饭馆不仅做餐饮，而且他们还拥有自己的牧场。从肉牛选种、饲养、宰杀，直到送入食客的嘴里为止，一条龙服务，他们全管。饭馆的牧场曾经培养出几代冠军牛，是阿根廷最上等的肉类饭店。

红酒、牛排味道依然如旧。

N4：是谁发现了南极大陆？（上）

库克船长的环球航行证实了他关于"如果真有'南方大陆'存在的话，那么只能在高纬度地区"的猜想。的确如此，所谓的"南方大陆"，现在看来就是南极大陆。

为寻找它，从18世纪末到20世纪初的近两百年的时间里，探险家们驾驶船只在咆哮的西风带航行，在险象环生的冰海中开辟路线，在裂隙纵横的冰盖上踯躅前进……这一幕幕共同组成了南极探险史上辉煌灿烂的英雄时代。

那么，到底是谁第一个发现了南极大陆的呢？

从未被承认的首次发现——法国航海家布韦

1739年1月1日，法国航海家让-巴蒂斯特·夏尔·布韦（Jean-Baptiste Charles Bouvet）率先在大西洋南部发现了后来以其姓氏命名的岛屿——南极洲布韦岛（也称布维岛）。这是人类历史上第一次出现南极洲的踪影。布韦发现该岛的时间甚至比库克船长环球航行还早了30年。

但布韦却从没有获得过"发现南极第一人"的桂冠。这是因为他发现的这个小岛太小且周边没有大面积的陆地，故未引起大家应有的重视（没人会把它当作未知"南方大陆"的一部分）。此后的两百多年里，南极大陆被发现了，大陆发现者的排行榜在经争吵之后也尘埃落定了。此时大家回过头来才悲哀地想起，那个被布韦发现的小岛，居然也属于南极洲！

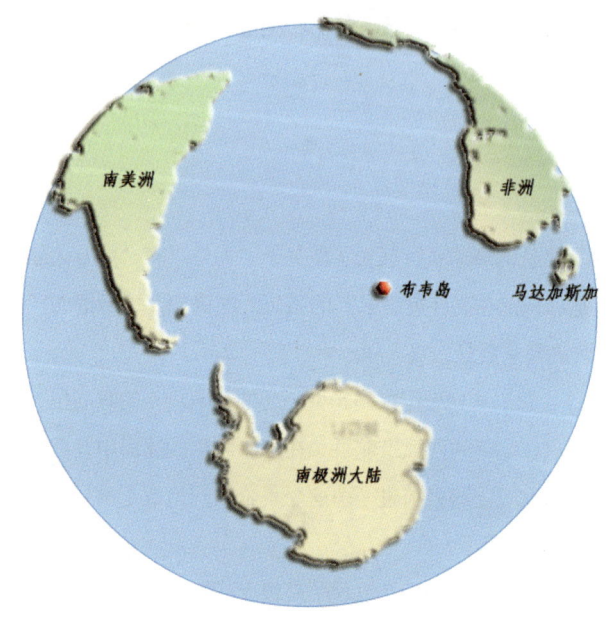

图4-1: 布韦岛的位置示意图

其实也不应怪罪大家的遗忘,实在是因为布韦岛距离南极大陆太远了——足足超过1600公里。甚至于,现代几大国为暂时搁置南极争端而签订的《南极条约》所覆盖的地域范围里都没有它!这个岛之所以被后人划归南极洲的唯一原因,只是因为它距离其他大陆更为遥远而已。

另外,当年的布韦也犯了个不大不小的错,使大家在否认他是"南极发现者"这件事中找到了借口。这个错就是,布韦把布韦岛的位置测量错了。原因出在布韦那个年代,缺乏在大海中准确测量经度的手段。布韦测得的岛屿位置是"东经28°30′,南纬54°26′",而该岛的实际经度是"东经3°24′"。

正是这个令人无语的巨大误差,使后来其他航海探险者都无法在布韦宣布的位置找到该岛。包括库克船长在内的探险者们都纷纷猜测，或许布韦看到的只是座冰山，现在已经飘走或融化在南大洋里了。

因此，当现代地理学者将布韦岛划归南极洲后，虽然有人提出，布韦岛的发现者——法国人布韦，应该被追认为是"南极洲的发现者"，但附和者寥寥。

冷知识

经度（Longitude）的测量

我们知道，任何一位称职的地图测绘员都可以根据某一季节中白昼的长短、太阳或一些常见恒星距离地平线的高度等因素，相当精确地测算出他所处的纬度。而经度似乎也不难测——只需要准确地知道某一时刻"被测量地点的当地时间"和"已知经度地点的异地时间"之差便可。

众所周知，地球自转一圈需要24小时，而经度一圈是360度，即每相差1小时，经度差15度。所以，只需要知道两地的时间差，就可以算出两地的经度差。

打个比方，你要测量北京的经度。你身在北京，当中午太阳处于最高点的时候（对应北京本地时间中午12点），你使用格林威治时间（对应本初子午线）的手表指向凌晨4点。那么，就可知北京与格林威治的时差是8小时。所以，两地的经度差是15°×8=120°。结论：北京的经度是东经120度。

这个问题听起来不困难吧？但在人们尚通过依靠钟摆摆动的规律性来计时的年代，这却是个大问题。因为，在颠簸严重的车船上，钟摆的正常摆动被严重干扰，计时器的运输过程势必对仪表的准确性产生不可忽略的影响。而法国航海家布韦测定布韦岛经度的巨大误差就是这么来的。

如何测量经度的问题长期得不到解决，以至于在航海精确计时器出现以前，航海家们不得不尽量沿着海岸摸索前进，以避免迷失方向。

1492年哥伦布远航美洲时，被迫采用了一种讨巧的航海方式——"沿北纬28度纬线笔直向西横渡大西洋"，来减少因经度测量不准带来的困难（这也是他之所以发现了古巴，而不是美国本土的主要原因）。

1714年，英国议会设立了经度奖（the longitude act）。这其实就是个赏金任务，谁能找到在海上确定准确经度的办法，谁就能拿到2万英镑，相当于现在的140万英镑或1000万人民币。

当时的科学家，如牛顿、哈雷等，都把解决这个问题的希望寄托在对星辰的观测和计算上，但他们一直找不到一个能为大家普遍接受的简易办法。

直到英国钟表大师约翰·哈里森（John Harrison）大量

利用游丝摆轮、蚱蜢擒纵机构、热胀冷缩补偿机制等新技术，制作出精度几乎不受外部环境影响的H4航海钟，这个问题才最终得以解决。

H4航海钟在经过长达81天的英国往返牙买加的实际海上测试航行后，比标准时间只慢了5秒钟，大致相当于经历了几千公里的海上颠簸后，位置测量的精度只存在3公里左右的误差。

伟大的库克船长后来正是由于采用了与H4完全相同的航海钟K1（英国经度局为验证哈里森H4航海计时钟的可复制性，而雇请肯德尔按H4精确模仿制造的航海钟），才在其太平洋探险中，测量得到了精确的经度数据，从而绘制出第一批较为精准的太平洋海图。

库克船长在他的航海日志中写道："如果我不承认这个实用且有价值的计时器给了我们非常大的帮助，那是对哈里森先生和肯德尔先生的不公正。"

言归正传，如果不算布韦的话，那么是谁率先发现了南极大陆？

不幸的是，这个问题牵涉几大国对南极大陆领土所有权的争执，英国人、美国人和俄国人都信誓旦旦地指出，是他们最先发现了南极大陆。于是，在很长一段时间里，这个问题成了一段"剪不断、理还乱"的公案。

最先出场的是英国选手——史密斯和布兰斯菲尔德

1819年2月19日,一艘活跃于南美洲南端合恩角附近的英国船只"威廉姆斯"号,被大风吹离了航线,并漂移到合恩角以南800公里的地方(见图4-3蓝线)。船长威廉·史密斯(William Smith)意外地在那里发现了一片以前从未听说过的陆地,即后来的南设得兰群岛(South Shetland Islands)。史密斯也荣幸地成为了第一个发现南极大陆附属岛屿的人(布韦在哭泣)。

史密斯随即将自己的发现汇报给了驻智利的英国皇家海军,并说在那里存在着具有"丰富海洋生物资源"的陆地和岛屿,完全值得英国将其列入版图。于是,英国皇家海军派遣爱德华·布兰斯菲尔德(Edward Bransfield)上尉前去确认。

布兰斯菲尔德实地勘测后,认为这的确是一片新发现的土地,便正式宣布此地为英国领土——"新南不列颠①"。

布兰斯菲尔德的下一步工作是

图4-2:南设得兰群岛及史密斯、布兰斯菲尔德和帕尔默航线的示意图

---

① "新南不列颠"的命名方式仿"新南威尔士",即澳大利亚。但我们都知道,"不列颠"比"威尔士"要大,所以,从名字上你就可以感受到布兰斯菲尔德等人对这片土地范围的期望,即他们希望这片新发现的土地,比澳大利亚还要辽阔。

对"新南不列颠"进行深入考察,搞清楚新领土的范围和大致地形地貌。于是他沿陆地的边缘先向东北航行,转过后来命名为"乔治王岛①"的陆地后,又向西南行进(见图4-3红线上半段)。

因为冰雪覆盖,布兰斯菲尔德很长时间都以为在他右手方向是一片连续的土地,直到他发现在这一方向,已确实看不到任何陆地了,布兰斯菲尔德才只好失望地承认,他寄予厚望的这片土地只是一座,不,是一群岛屿,而不是什么"新南不列颠"大陆。因此,这片岛屿也随即被重新命名为"南设得兰群岛"。

布兰斯菲尔德在失望之余,愤然调转船头向南方驶去(见图4-3下方最后一段红色直线)。显然,这次他的运气好转了。

1820年1月30日(请记住这个时间点),就在布兰斯菲尔德掉头南下,跨越南设得兰群岛和南极半岛之间并不算很宽的海峡(即后来以他的名字命名的布兰斯菲尔德海峡)后不久,布兰斯菲尔德眼前出现了一片山峦起伏的陆地,即属于南极大陆的南极半岛。

由于浮冰等原因,布兰斯菲尔德没能做出任何登陆的尝试,但这并不妨碍英国人长久以来始终坚持史密斯是第一个发现南极岛屿的人,而布兰斯菲尔德是第一个发现南极大陆的人!

紧随其后的是美国选手——海豹捕猎船船长帕尔默

然而美国人不买英国人的账,他们坚称美国海豹捕猎船船长纳撒尼尔·布朗·帕尔默(Nathaniel Brown Palmer)才是最早发现南极半

---

① 中国南极长城站就位于这个岛上。

岛的人。

在美国版本的南极发现史中,年仅21岁的美国人帕尔默和他的船只一直在南设得兰群岛海域捕猎海豹。1820年的某一天,帕尔默为了寻找更多的海豹资源,故此登上了欺骗岛(Deception Island)南端最高处,并向南远眺。他隐约发现在目光所及之处似乎有一片山峦起伏的陆地。于是,帕尔默驾船向那片陆地驶去,并最终发现了南极半岛(见图4-3绿线)。

但令他沮丧的是,在那片陆地上并没发现海豹群的踪影。于是他既没有登陆上岸,更没有对那里进行勘测,便失望而去。

帕尔默的这番经历缺少必要的证据。当然,我们也不能排除帕尔默等海豹和鲸鱼捕猎者见过,甚至登上过南极半岛,但他们没有留下详细可靠的证明,因为他们来到这里的目的是捕猎,而不是去勘测未知的地域,或标注新的海图,以作为曾经到达过的最权威的证据。他们就连自己船只的航海日志都秘不示人,因为他们不愿意把能为他们带来财运的航海细节告诉别人。

虽然如此,美国人还是果断地采纳了"帕尔默发现南极半岛"这一论断,并籍此宣布美国对南极半岛的领土权利。

如今,南极半岛的这一区域也已经正式被命名为帕尔默地,美国南极帕尔默科学考察站就建立在此。

在赛场另一端活跃的是俄罗斯选手——海军船长别林斯高晋

19世纪初,俄国沙皇派遣俄国男爵别林斯高晋(Bellingshausen),率领由两艘俄国海军船只组成的航海探险队,沿库克船长第二次探险的航线,驶向南大洋高纬度海域。沙皇希望别林斯高晋"要尽一切可能接近南极点,寻找未知的大陆,并宣示主权"。

1819年—1821年,别林斯高晋的船队历时751天,最终完成了环

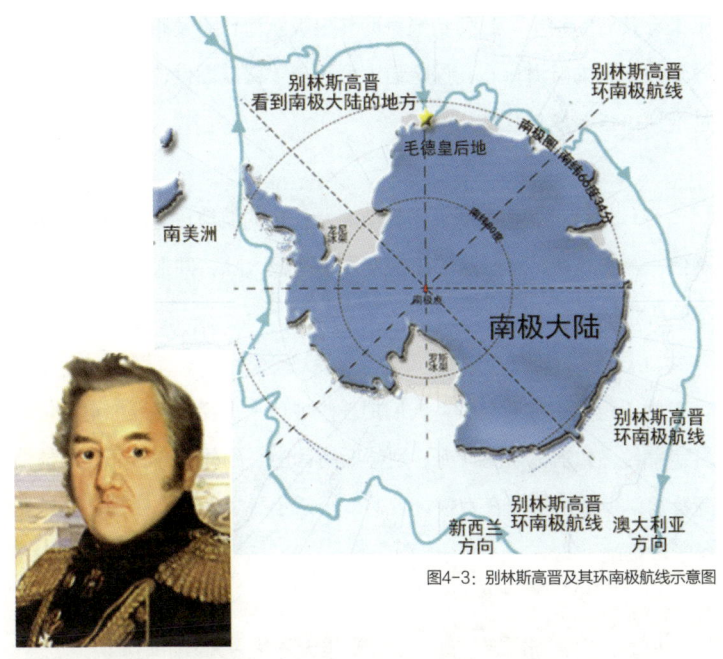

图4-3：别林斯高晋及其环南极航线示意图

南极大陆航行的壮举。他们的总行程达到5万海里，其间6次穿过南极圈，最南到达南纬69°25′处。

别林斯高晋航遍库克船长当年在南大洋航行过的大部分海域，并成功地做到了他的偶像库克船长都没有做到的事，即发现南极大陆！

1820年1月28日（注意到没，只比布兰斯菲尔德早2天），别林斯高晋的船队克服重重困难到达西经2°10′、南纬69°25′的位置。在那里，他看到"坚冰延绵不断，边缘处巨冰叠起，往южно南看可见多座冰雪覆盖的山峰"——被后世命名为毛德皇后地的南极大陆一角。

为冰障所阻，别林斯高晋没能登上南极大陆，但这也足以使他获得竞争"第一个发现南极大陆的人"这一殊荣的资格了。

遗憾的是，当时的沙皇对别林斯高晋远航所取得的成绩并不满意

（未寻获新的领土），便拒绝赞助其出版航海日志及相关海图，从而导致俄文版的航海日志在探险结束后10年才得以面世，英文版日志更是拖到1945年方才正式出版。

现代地理学家们在研究别林斯高晋公布的航海日志和海图后逐步确信——别林斯高晋船队的确是发现了南极大陆，并很大可能领先于布兰斯菲尔德和帕尔默[①]。

为了纪念别林斯高晋，人们把一些地球上重要的地理位置以他的名字命名，如别林斯高晋海、别林斯高晋山、别林斯高晋岛、别林斯高晋角，以及俄罗斯在南极设置的一个常年科学考察站：别林斯高晋科学考察站。

那么，别林斯高晋就是"发现南极大陆第一人"了吗？

[①] 至少维基百科上这么说："On 17 November 1820, Palmer and his men became the first Americans and the third group of people to discover the Antarctic Peninsula. Larger ships skippered by Fabian Gottlieb von Bellingshausen and Edward Bransfield had reported sighting land earlier in 1820."中文：1820年11月17日，帕尔默成为了发现南极半岛的第一个美国人，也是排名第三的探险者。因为别林斯高晋和布兰斯菲尔德在当年更早的时候就见到了这块陆地。

D5：落日海湾

一早，人还没怎么睡醒，就被早班飞机由晴空万里、热浪滚滚的布宜，送到了凄风冷雨的乌斯怀亚，而此地的纬度是南纬54°46′，就算中国最北的漠河北极村也不过北纬53°30′！

陡然下降的气温，加上连绵不断的冻雨，使大家对南极大陆的"盛夏"有了初步体会。

乌斯怀亚这个词，在印第安语里的意思是"观赏落日的海湾"。原本只是当地土著人的一个聚居点，而现在这里是阿根廷"火地岛、南极与南大西洋岛屿省"的省会，位于南美洲最南方的火地群岛主岛——大火地岛南部。

从这里到南极大陆只有800公里。所以，乌斯怀亚是离南极最近的城市！这个距离远比非洲开普敦、大洋洲新西兰基督城距南极大陆

图5-1：乌斯怀亚

要近得多。去往南极大陆的科学家、探险者多取道此地，故该城又有"南极门户"之称。

"落日海湾"城坐落在与城市同名的乌斯怀亚湾畔，依山傍海，建筑错落有致。

冷知识

乌斯怀亚城的创立

乌斯怀亚能长期保持阿根廷重要城市的地位，与阿根廷和智利对火地岛的领土争端息息相关。

阿根廷和智利各自取得独立后，双方均宣称自己从西班牙人那里继承了火地群岛。从法理上讲，双方都有理，也都不充分。因此，火地群岛的归属久久悬而未决。

1843年，智利政府率先动手，在麦哲伦海峡北岸建立了该地区第一个定居点——蓬塔阿雷纳斯。经过数十年运营，智利基本控制了蓬塔地区和毗邻的麦哲伦海峡，还将势力范围辐射到周边包括火地主岛在内的广大地域。

阿根廷则至1870年才姗姗来迟，在远离蓬塔阿雷纳斯的火地主岛南端占领并建立了定居点——乌斯怀亚，以对抗智利，并显示自己对火地群岛的实际占有。

1879年，智利卷入了另一场关乎国运的战争——南美太平洋战争，与该国北方的邻国秘鲁和玻利维亚动武。

为避免两线作战,智利与阿根廷签署《1881年两国边界协议》。该协议涉及两国南部的大部分边界,其中涉及火地群岛的内容中,双方同意根据实际占有原则(Uti Possidetis Principle)划分火地群岛。即自麦哲伦海峡东口向南,沿西经68°36′38″经线至比格尔水道(Beagle Channel),再沿比格尔水道折向东至大西洋画一折线。火地群岛在这条折线

图5-2: 火地岛的划分示意图

东北的部分归属阿根廷,其余部分归属智利。

从图中可以看出,乌斯怀亚处于折线的顶点位置。如此划分让人毫不怀疑,就是出于阿根廷已经占据乌斯怀亚的原因而做出的。

阿根廷也深刻感受到了乌斯怀亚对于阿根廷永久占据火地岛的重要性。为把占有常态化,阿根廷遂于1893年在此地正式建城,还发布了多项经济优惠措施,以吸引国人来此定居。

经过多年的发展，贵为省会级城市的乌斯怀亚，除了拥有巨大的机场外，依然无法改变其人烟稀少，安静得像个偏远内陆小镇的事实。

景点自然也是没有的，也没谁有购物的兴趣。大家便冒着绵绵细雨，开始为将在南极开展的上山下海运动而进行预热。

这是一座建立在山坡上的城市。因为我们的目的是运动，所以很快就转向尚未铺装的上山土路。坡越来越陡，不久连能行车的土路都没了，只剩下便于在雨雪天使用的木栈道。

随着海拔的提高，乌斯怀亚整个城市也逐渐出现在我们脚下，只是远远不如从海那面看上去漂亮。可能是缺少了雄伟的雪山背景吧。

继续前行，一头便扎进了茂密的树林中。树普遍不粗，但都长着高寒地区特有的绒毛，当地人称之为"老人胡须"，应该是某种依附树干生长的耐寒苔藓类植物。

不久，GPS显示已到路的尽头，但幸好，林中的小路还是很明显的。虽然不知这路通向哪里，但因确知只要向着下坡的方向，还是应该能回到城市的，便大胆地在树林里钻上爬下，继续行进。

图5-3：鸟瞰乌斯怀亚机场和港口

攀爬两个小时后,稀稀拉拉的小雨慢慢有变大的趋势,雨水汇集而成的小溪也变得湍急起来。

回首向来萧瑟处,乌斯怀亚已经尽收眼底。看样子我们爬的真不低了,不禁暗自欣慰自己的脚力尚在!

再看一眼前方的高山,似乎一点变近的意思都没有。一方面,锻炼的目的达到了;另一方面,纵然穿着具有一定防水能力的衣物,人也变得湿漉漉了。同伴间彼此默契地交换了下眼神,撤!

冷知识

麦哲伦海峡（Strait of Magellan）、比格尔水道（Beagle Channel）和德雷克海峡（Strait of Drake）

很多人会把这三条海峡弄混，或者干脆只知道麦哲伦海峡，并认为它就是南美洲最南端连结太平洋和大西洋的水道。其实不然，这是三条彼此相邻的海峡，由北向南分别是：

南美洲大陆和大火地岛之间的水道叫麦哲伦海峡（图5-2上方的蓝线）；

大火地岛和合恩角群岛之间的水道叫比格尔水道（图5-2中间的紫线）；

合恩角与南极大陆之间的水域叫德雷克海峡（图5-2下方的黑线）。

所以，麦哲伦海峡虽然名气大，但的确不是南美洲最南端和南极大陆之间的分界线。

这三条水道中，比格尔水道的位置最不显著，名声也多不为人知。然而，这条全长只有320公里水道的名字与一位大人物——达尔文密切相关。比格尔（Beagle）的名字源于"小猎犬"号（英文名为Beagle），就是达尔文环游世界时搭乘的那条著名的帆船。正是因为当年达尔文及"小猎犬"号经过并考察了这条海峡，才以此船名命名了这条水路。

N6：是谁发现了南极大陆？（下）

别林斯高晋、布兰斯菲尔德、帕尔默等人曾见到了南极大陆的身影，这件事是毫无疑问的。但当时关于泛南极范畴内的地理知识还非常单薄，没人知道这些新发现的陆地究竟是广袤的新大陆？还是浩瀚的南大洋中成群的岛屿？就连发现者自己也不完全清楚。

认为"'南方大陆'并不存在，南极点就和北极点一样，位于南大洋的海面之下"的不乏其人。

在这种混乱的认知情况下，关于"新大陆"是否存在的分歧就已经非常严重了，更不要提什么"谁是新大陆的发现者"这种次级话题了。

寻找地磁北极（N）

在别林斯高晋之后的将近20年里，探险家们并没有在证实新大陆的存在方面取得什么实质性的进展。故此，公众对寻找"南方大陆"的热情逐渐冷却下来。

这种情况一直持续到19世纪40年代关于地球磁场理论的提出。该理论认为地球也具有磁场，可以近似地把它看成是"把一支巨型磁铁

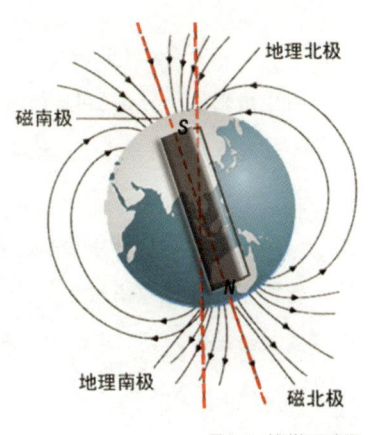

图6-1：地磁场示意图

棒按地轴方向摆放而引起的一个磁偶型磁场"。它的地磁北极（N）大致位于地理南极附近，而地磁南极（S）大致在地理北极附近。

地磁极点的名称

我没写错，你也没看错。

地磁极点的名称的确与相近的地理极点的名称南北相反，即地磁北极（N）位于地理南极附近，而地磁南极（S）位于地理北极附近。

道理很简单，"异性相吸"。吸引你指南针南极（S）的，一定是地球磁场北极（N）。而你指南针南极（S）指向南方，所以地球磁场的北极（N）必然位于南方，地理南极附近。

然而很多人不认同这种说法。他们认为"地磁点在北的叫地磁北极，在南的叫地磁南极"。我认为不妥。但对于这个话题的深入讨论已经大大超出本文的范围了，就此打住。

为避免因这种分歧而造成误解，下文将采用"地磁N极"（靠近地理南极点）、"地磁S极"（靠近地理北极点）的表述方式。毕竟，"地磁N极在南，S极在北"是任何人都无法否认的。

有科学家通过观测发现，地磁的方向和地球旋转的地轴存在偏差，即地磁极点并不与地理极点重合。所以，地磁极点需要单独去寻找。

相对地理极点，地磁极点与人们生活离得更近，大家日常生活中行路航船往往都需要依靠指南针确定方向。所以，如能找到地球上这两个特殊的点，其意义绝不亚于找到南北地理极点。

不久，探险家们就如愿地在北极圈内找到了"地磁S极"。于是，谁能抢先获得"地磁N极第一人"的荣誉，就成了重新燃起南极探索之旅的导火索。表面上打着寻找"地磁N极"的科学研究旗号，实际上依然渴望率先占有"南方大陆"的探险活动再度喧嚣起来。

与以往不同的是，在此之前的南极探险活动大部分集中在气候条件相对较好的南极半岛附近的西南极洲；而这次围绕"地磁N极"的探索则主要活动在以前还没人涉足过的东南极洲边缘。原因很简单，"地磁N极"理论上位于南极洲面向澳大利亚、新西兰方向的这片区域。

多只探险队伍参与了这段时间内的南极探险活动。其中，法国人迪维尔和美国人威尔克斯的际遇和争执是最富戏剧性的话题。

法国探险家迪维尔

法国也迫切希望加入南极探险的国际竞争中去，因此法国政府要求迪蒙·迪维尔（Dumont d'Urville）藉由搜寻"地磁N极"的理由，率领"星盘"号船队深入南大洋，争取为法国获得南极领地做出贡献。

1840年1月，迪维尔的船队跨越南极圈，并在重重浮冰当中挣扎着继续向南搜索"地磁N极"。

"有心栽花花不开，无心插柳柳成荫。"飘忽不定的"地磁N极"没找到，迪维尔却在1月19日午后，实实在在地看到了南极大陆的海岸，但这段海岸全是直耸入云的悬崖峭壁，根本无法登陆。他们只好就近找了个岩石小岛，然后就迫不及待地登岛，并在岛上升起了法国的三色旗。

迪维尔随即宣布自己发现了"南方大陆"，并将这一段陆地以其妻子的名字命名为阿德利地（Adelie Land），然后以法国的名义予以占领。

接下来的几天，迪维尔的船队继续向西航行并寻找"地磁N极"的大略位置。突然，美国人威尔克斯所率领的船队如幽灵般从浓雾中浮现出来。

美国探险家威尔克斯

在当时美国民众对地理大发现的狂热支持下，美国探险家查尔斯·威尔克斯（Charles Wilkes）率领美国军舰开始远征南大洋，并对"地磁N极"可能存在的区域进行搜索。

被任命为船队指挥官的威尔克斯当时只是一名海军中尉。大家私下认为，这个小年轻还嫩，还没有资格来统率一支船队。在这种情况下，威尔克斯为树立自己的权威，他凭借领导人的身份，强硬地掌控着船队的方方面面。故此，船队中很多老资格的军官和水手对他很是不满。这个隐患为后来船员的反水埋下了伏笔。

迪维尔和威尔克斯为抢占"南极领土"，事先都对自己的行程守口如瓶,更谈不上双方有什么事先的约定。但在这种情况下,两只船队还是在这了无人迹的不毛之地意外相遇了。

为了掩盖自己意欲抢占"南极领土"的意图,也是为了避免见面无话可说的尴尬,双方匆匆避开了对方的船队,而没做任何交流。

争执

很快迪维尔就意识到,美国人也一定发现了新的陆地。如果他们先于自己把发现大陆的消息发布出来的话,他的荣誉和占有权都将岌岌可危。于是,迪维尔马上掉转船头,匆匆赶回澳大利亚。

一到霍巴特(Hobart),法国人就迅速宣布自己于1840年1月19日下午发现了"南方大陆"。

稍晚赶到悉尼的威尔克斯则针锋相对地宣布,自己在1月19日上午,也就是在迪维尔看到"南方大陆"前的数小时,就看到了陆地!

法国人对此当然不能认同,便指责对方作伪。双方各有支持者,争持不断。

没有结果的争执之后,威尔克斯率船队继续沿南极大陆边缘航行。在数千公里的持续航行中,威尔克斯发现了更多的南极陆地但威尔克斯是个相当谨慎的航海者,他指挥着船只与冰障始终保持着一定的距离,而不愿将船驶入浮冰区或冰山群中去冒险。尽管他的官员在桅顶上报告发现了地平线上的陆地,但威尔克斯仍不为所动,放弃了登陆等可以进一步证实浮冰后确有陆地存在的尝试。

余波

两年后,威尔克斯率队回到美国。此时,他的竞争对手、法国人迪维尔，已经意外地因火车出轨而去世一个多月了。

历尽千辛万苦后归来的威尔克斯并没有受到民众挥舞星条旗热烈欢迎的礼遇，一方面是因为威尔克斯虽然沿着冰障航行很远，却始终没有登陆，更没有代表美国对南极提出任何领土主权的要求。一句话，"威尔克斯毫无成就可言"，于是也就激发不了公众的热情。

另一方面则更具杀伤力。船队中对威尔克斯"武断专横"不满的军官向军事法庭进行了投诉。其中最为严厉的指控是指责他说谎，即"威尔克斯为了证明自己在发现陆地方面领先于迪维尔，谎称自己比对手早数小时发现了陆地"。

威尔克斯则发誓自己说的是真话，他当时的确看到了陆地！关键时刻，威尔克斯手下的船员们却没一个人愿意出庭为他作证。至此，"威风凛凛"的威尔克斯的个人声誉完全破产。

最后，两名水手为了挽回美国的国家荣誉而站了出来。他们说自己其实早在1月16日便看到了陆地，只是目击报告被当日值日的官员认为是"水手误把冰山错认为陆地"，而没有记入航海日志。紧接着该值日官员当庭认错，所以军事法庭顺理成章地裁定：美国探险队早于法国三天发现南极大陆。

而法国人则为迪维尔的壮举引以为荣，因为他的行为为法国在后续南极大陆争端中铺下了重要的伏笔。1956年，法国在距离"地磁N极"最近的南极大陆海岸修建了常年科考站，并名命为"迪蒙·迪维尔站"。

再来看威尔克斯，他虽然在率先目击陆地的竞争中被各路人马诋毁得一文不值，但他曾率领船队沿着南极大陆海岸线航行了2500多公

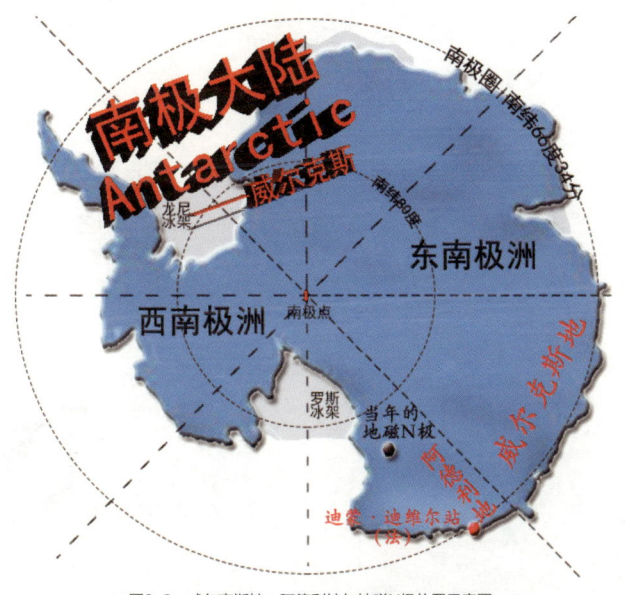

图6-2：威尔克斯地、阿德利地与地磁N极位置示意图

里，并发现大量连续陆地的事实是无法否认的。

威尔克斯为见到的陆地面积之大所震惊，从而使他确信：他看到的不是岛屿，而是一块真正的大陆。因此，威尔克斯明确提出"南方大陆的确存在"的观点，并为之起名"南极大陆①"这一称呼沿用至今。而他发现的这段海岸对应的南极陆地现在被命名为"威尔克斯地"，大概位置在印度洋以南，南极大陆阿德利地和恩德比地之间。

基于这一事实，有人认为"威尔克斯才是发现南极大陆的第一人"。在他们看来，"别林斯高晋发现了南极大陆"并不确切。因为那是现代人在确知南极大陆范围的前提下，以超越历史的视角而做出的判断。因为，在别林斯高晋那个时代，包括他自己在内的人尚没有"南极大陆"这个概念，故此何来"首先发现南极大陆"？而威尔克

---

① 南极大陆，Antartic，即ant+arctic，意为北极的对面。

斯正式提出"南极大陆"这一概念,并亲身予以了验证。因此,"威尔克斯才是发现南极大陆的第一人"。

"公说公有理,婆说婆有理。""南极大陆的发现者"这个问题,似乎永远也不会像"哥伦布发现美洲"一样有个为各方所公认的明确答案。

冷知识

南极大陆发现之争的若干原因

尽管别林斯高晋、布兰斯菲尔德或帕尔默早在1820年前后就发现了南极大陆的部分海岸,但20多年后,迪维尔、威尔克斯还是在拼命争抢"发现南极大陆"的桂冠。

之所以发生如此不可思议的事,恐怕这里面大致存在这么几条原因:

一来,"南极大陆"这一概念的形成和确认过程,远比人们对"南极岛屿/海岸的发现"晚得多。所以,岛屿/海岸的发现者们往往只局限于知道自己发现了一块陆地本身,而不会联想到整个南极大陆。更不会对外宣称自己获得了"发现新大陆"的无上光荣。

二来,是客观原因。南极洲大部分陆地为冰雪覆盖。有时即使你抵达了海岸线,但陆地完全隐没在冰雪之下;而

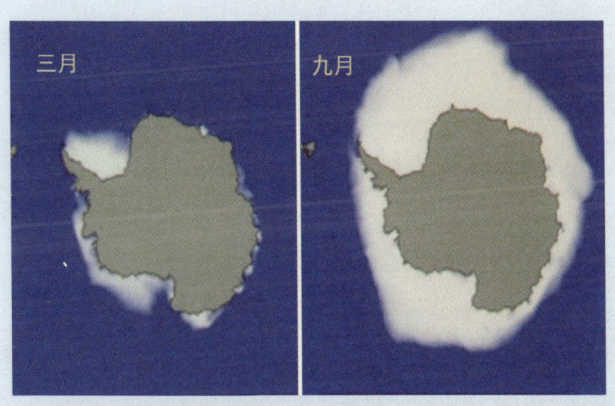

图6-3：南极大陆边缘季节性的变化（左图为三月，右图为九月）

有时看上去是浑然一体的陆地，结果却只是被冰桥连接的岛屿。所以，南极洲陆地的边界受冰情的影响让人难以捉摸，从而使明确的发现变得相当复杂，对发现的确认也变得极为困难。

三来，则是主观因素。限于当时的社会条件，信息传播尚不够快速和准确。比如别林斯高晋发现南极陆地的消息，几十年后才被主流航海界所确知。

四来，各国为显示自己"拥有南极领土的合理性"而分别支持各种不同版本的"发现故事"，使得这个原本很简单的问题，变得更加复杂。

因此，本文不会回答"到底是谁发现了南极大陆"这个问题，而只是——罗列若干种可能性，以供大家选择。

D7：世界尽头

一早醒来，窗外已是雨过天青，空气也格外地凛冽清新。

地处高纬度的火地岛，气候一日多变。没人敢把衔接抵达乌斯怀亚和南极探险船出发时间这两者的间隔，安排得过于紧密。实在是后续行程的重要性，确实不容因为天气的意外而受到影响。

于是，我们便利用这意外获得的衔接空当，去逛逛火地岛国家公园，看看这个口口相传的"世界尽头，冷酷仙境"。

说这里是"世界尽头[①]"，的确不假，你从任何一幅世界地图上都可以感受到。这里的确是这个喧嚣世界僻静的一隅。

图7-1：世界尽头——乌斯怀亚（右下角）

---

① 世界尽头：西班牙文：Fin del Mundo；英文：the End of the World。

而"冷酷仙境"则准确表达了火地岛的另两个特点——冷、美!

"冷"是因为这里纬度太高,受南极大陆气候的影响非常显著;"美"则少不了要提到——火地岛国家公园(西班牙语:Parque Nacional Tierra del Fuego)。

在麦哲伦发现火地岛之前,火地岛的主要居民是奥那(Ona)族等印第安土著。但长久以来,土著们人烟稀少。因为此地寒冷,并不适合大规模耕作,他们只能靠捕鱼和狩猎来维持生存。

西方人来了之后,大量外来人口(相对当地人)迁居火地岛。因为这里终年低温寒冷,羊也需要长出厚厚的羊毛来保暖,所以,到19世纪末,养羊业逐渐成为火地岛的支柱产业。新居民因此需要更大面积的草场,来蓄养更多的羊群,所以他们大规模砍伐森林,结果是土著们赖以生存的狩猎环境日益缩小,被迫逐步退缩到岛屿的更深处去了。

到了20世纪初(1911年),岛上的最后一位印地安人去世了,从此,火地岛彻底变更了主人。

图7-2:火地岛国家公园

20世纪中后期，石油化纤工业兴起，人们对"衣食住行"中的"衣"有了更多的选择，全世界对羊皮和羊毛的需求明显下降，火地岛的养羊业也随之萎缩，旅游业便成为这里新的经济增长点。火地岛上随即建立了多个国家公园，火地岛国家公园就是其中最著名的一个。

在国家公园里，我们选择了一段通往海边的路线进行徒步。步道先是在林间盘绕。雨后的空气湿润清新，加上鸟鸣啾啾，愈发显得环境幽深。

没走多久，眼前一亮，场景已经从灌木林带切换为湿地沼泽带，一座木栈道顺着湿地和小河的走向继续蜿蜒向前。不远处却又是皑皑雪山。在北半球动辄四五千米海拔才能见到的白头山，在这里随处可见。标识牌提醒我们，这段木栈道拥有一个某某港的名称，让人愈发觉得身旁绵延的河流与那雪山背后的隐秘所在存在着千丝万缕的联系。

小径转而拐向海边，木栈道也戛然而止，不觉间场景已再次变换。我不禁感慨，这个国家公园真的可以说是集万千宠爱于一身，在这方寸之地上既有雪山、草原、湿地、沼泽、森林，还有河流、瀑布、冰川、湖泊和大海。在这份不真实中，就连"在海边见到雪山"都完全不是梦。可以说，高纬度地区拥有的奇异地貌该到的全都到了，还"你挨着我，我靠着你"，亲密无间地挤在一起，就像是一座尚待舒展的大型盆景。

是路就有尽头，这条路的尽头就是这座"世界尽头邮局"。整个邮局被修建在一座伸向海湾的栈桥上，似乎在傲娇地说着，"我比最

图7-3：世界尽头邮局

图7-4：世界尽头

南还南了一点点"。

邮局日常能收发邮件,是所属国"实际占有"的一份有力证明。因此,这个曾经的"世界最南邮局"就被永久保存下来,并仍然保持正常运营,只是所邮所寄多以游客的明信片为主。在隔海南望的山峦重叠处,智利为争夺比格尔海峡的岛屿又建立了一处定居点——威廉姆斯港。该定居点也有邮局,因此这里已经不再是什么最南的邮局了,但我们还是从众地在护照上盖上了"世界尽头"的邮戳!

古人有"穷途之哭",如今我们却站在这栈桥上,望着远方的苍茫,在把栏杆拍遍之余,默默地享受着这种已然走到"世界尽头"的自豪。

N8:"芝麻开门"了

无论迪维尔和威尔克斯两人如何争执,也无论威尔克斯是否说谎,其结果都不会影响"南极大陆已经被发现"的事实。自然而然地,向南极大陆内陆进军,去揭示更多的地理发现就成了探险家们争先恐后的新目标。

于是,就像阿里巴巴宝库大门那样,在一片"芝麻开门"的催促声中,南极大陆逐渐揭开了自己神秘的面纱。

Step1:发现进军南极内陆的桥头堡

迪维尔和威尔克斯在探险航程中一直都在进行地磁观测,但最终他们都没有如愿抵达"地磁N极",这就给其他人留下了希望。

英国探险家詹姆斯·克拉克·罗斯(James Clark Ross)刚刚从北极圈内带着"发现地磁S极"的荣誉归来。随即,他又把目光投向了南方,希望自己能再创辉煌——成为"发现地磁南北双极的人",从而成就集两项桂冠于一身的"两极地磁王"。

分析了前人失败的原因之后,罗斯认为"地磁N极"应该位于迪维尔和威尔克斯曾到达但又无法逾越的重重冰障之后。于是,罗斯宣布,他将为其船队选择一条新的航线,以期绕过阻碍迪维尔和威尔克斯的冰山,到达他们从来没有到过的南极陆地沿岸,并从那里直接奔赴躲在冰障之后的"地磁N极"。

1841年1月，罗斯率领船队沿其精心策划的东经170°航线笔直向南航行，很快就如他所愿，逶迤的群山和漫长的海岸线迎面而来。

遇到陆地后，罗斯按计划折向东行，继续沿陆地边缘前进。罗斯的好运气降临了。南极地区的两大海湾之一，即后来用他名字命名的罗斯海，向罗斯敞开了大门。于是，"航船能到达的纬度最高点""航船能到达的离南极点最近的陆地"等等一系列南极之最，毫无保留地向罗斯张开了欢迎的臂膀。

图8-1：罗斯及罗斯航海路线示意图

罗斯在寻找地磁极点方面可谓经验丰富，毕竟他找到过"地磁S极"。从上图中我们可以看出，罗斯选择的路线的确引导他到达了离"1841年地磁N极"最近的南极大陆海岸边。但遗憾的是，那个时候的"地磁N极"正位于船只无法到达的陆地之上。

面对咫尺之遥的"地磁N极",罗斯心有不甘,他继续小心翼翼地指挥船只向南,驶入海面已经部分结冰的海区。因为他依旧不死心,希望能绕过眼前的冰障,并找到通向"地磁N极"的航道。很快一道连绵不绝的冰雪高墙彻底阻断了他的最后一丝希望,这就是后来用他名字命名的又一处南极重要地貌——罗斯冰架。

图8-2:罗斯探险队手绘的罗斯冰架
图源:美国琳达霍尔科学工程技术图书馆

冷知识

罗斯冰架

罗斯冰架是世界上最大的海洋冰架,位于南极洲的爱德华七世半岛和罗斯岛之间,形状像一个巨大的三角形。它东西长约800公里,南北最宽约为970公里,靠海边缘高约60米,而接近陆地的边缘,最厚有750米,面积约52万平方公里,差不多等于一个法国那么大。

这块"冰垫"是如此巨大,以至于罗斯海的很大一部分都被它所充塞。然而这片冰原并非是罗斯海本身的产物,而是南极大陆的陆缘冰。它就像一块在陆地高海拔处生成的、没有根基的冰垫子,受重力影响,以1.5~3米/天的速度滑向罗斯海,并逐渐壅塞了这片海域。

在夏天气温较高的时候,冰架靠海的边缘,成块的冰会连续不断地从冰架上崩落,形成浮在水面的冰山,并向北方漂去,直至融化在远方的汪洋大海里。

面对横贯罗斯海高不可攀的冰架,罗斯只能望而兴叹,不无遗憾地承认乘船是不可能到达"地磁N极"的。他就此停下了继续深入的脚步,从而与"两极地磁王"的荣耀失之交臂。但此时此刻的罗斯已经深入到南纬78°海域,比之前的其他任何探险者向南挺进得都远。

图8-3:罗斯冰架
图源:美国国家科学基金会极地项目办公室
(NSF,OPP: National Science Foundation, Office of Polar Programs.)

需要特别提到的是,罗斯在冰架西端发现了一座大岛——"罗斯岛"。当时罗斯并没有意识到这个岛位置多么重要。他在无意中发现的这座火山岛,是整个南极大陆能够乘船到达的最南的裸地（未被冰川终年覆盖）。未来的南极探险家斯科特、沙克尔顿等很多想要到达南极腹地的南极先驱们都是从这里开始，踏上探索南极的征程。

图8-4：跨骑在冰岸线上的罗斯岛

先驱们不约而同地选择这里，首先是因为罗斯岛跨骑在距离南极点最近的海岸线（冰岸线）之上。一方面，罗斯岛北侧的冰面在夏天会完全融化，船只可以通过无冰、薄冰海域方便地运输人员和物资；另一方面，罗斯岛南侧的坚冰亘古不化，将罗斯岛与大陆结成一体，使得从这里到南极点，中间已不再需要船只过渡！

其次，相较于周围的罗斯冰架，罗斯岛更适合设立永久营地。因为冰架时刻处于缓慢的流动过程中，建立在冰架上的建筑，不知什么时候就会开裂变形，数年或数十年后又必定会被推下大海。而建立在陆地上的营地无疑要稳固和安全得多。1902年斯科特第一次南极探险时搭建的木屋（见上图左下红点处），经过百多年的风霜仍旧屹立不倒，就是最好的明证。

在罗斯完成他的航行后的许多年里，后继的船只一直都围绕着南极大陆逡巡,没有人试图踏上这块陆地,直到1895年。

Step2:登上南极大陆

1895年1月中旬,挪威南极捕鲸队沿着罗斯指引的方向,驾驶"南极"号捕鲸船抵达罗斯海。出人意料的是,罗斯海鲸鱼虽多,却没有他们船上设备能够捕捉的品种,故此他们在罗斯海所获了了。

然而,他们却在另一领域获得了意外的成功。1月24日,船队负责人亨里克·布尔(Henrik Bull)、船长纳伦德·克里斯滕森(Leonard Kristensen)、卡斯腾·博克格雷温克(Carsten Borchgrevink)及四名船员驾驶小艇,登上罗斯海西边维多利亚地阿代尔角(Cape Adare)的陡峭海岸,成为了"第一批登上南极大陆的人"。布尔在其后来出版的书中谈到:登上南极大陆并不像原来想象得么困难,如果遇到好的机会,再借助雪橇或滑雪板就可以穿越大陆,抵达或接近"地磁N极"极点……

Step3:在南极海面过冬

1897年,比利时宣布组队赴南极探险。探险队由布鲁塞尔地理学会组织,并获得了一位富商的资助。但比利时是小国,没有那么多专业的极地探险队员,所以探险队不得不从其他国家寻找经验丰富的船员和科学家作为补充。

探险队由比利时探险家亚德里安·德·杰拉许(Adrien de Gerlache)领导,成员中包括若干具有极地经历的杰出的探险家,诸如25岁的挪威人罗尔德·阿蒙森(Roald Amundsen,本文的一号男主角以路人甲的形式非正式出镜)。

1898年1月,杰拉许率领"贝尔吉卡"号到达南极半岛。当年的南极夏季已为时不多，但杰拉许依然决定开展工作——勘测南极半岛的西部海岸线。在探险勘测进行到第六个星期时，杰拉许的船被从别林斯高晋海方向漂移过来的大量浮冰困陷，探险进程被迫终止。

船体被坚冰团团围住，整个团队的命运也犹如被凝固了一样。探险队队员们没有准备应对如此漫长和寒冷的冬季所必需的服装和物资储备。为了生存，杰拉许和阿蒙森他们捕杀并储存了足够的企鹅和海豹，以备冬天食用。除此之外，漫长的黑夜极易诱发抑郁症，甚至导致精神错乱。杰拉许要求船员们定期轮流工作，并开展大量娱乐性活动，以期降低他们患病的几率。令人遗憾的是，即便采取了上述措施，仍然没有避免有人精神错乱，直至患病死亡的情况发生。

直到第二年3月，

图8-5："贝尔吉卡"号被困
图源：coolantarctica.com

"贝尔吉卡"号在被困整整13个月之后才得以脱困而出。杰拉许马上决定放弃原来的探险计划，并立即返回比利时。

这是第一个在南极圈以内越冬的探险队，尽管这是被迫为之的举动，并付出了相当大的代价，但他们的经历依然价值巨大，因为他们给后来的探险者带来了极大的信心——人类完全可以在南极越冬。

Step4：在南极陆地过冬

1898年，继比利时之后英国组建了一只私人南极探险队。探险队由博克格雷温克率领。

博克格雷温克曾经在1895年登上过阿代尔角，所以他设想这回还在这里登陆，并在此建立一个探险基地，然后再穿越冰区，去往"地磁N极"。这次探险注定不会有什么新的地理发现，因为博克格雷温克一心想回到他熟悉的阿代尔角。当然，这也不能埋怨博克格雷温克，因为这是当时唯一确定能登陆南极大陆的地方。

博克格雷温克指挥的"南十字星"号探险船于1899年2月17日抵达阿代尔角，队员们在岸上竖起了两个用木材预制的小屋。一座用来住宿，另一座用来存放物资。这是南极大陆上"第一次出现人造结构的建筑"和"第一次出现定居点"。

营地建好后，队员们把精力投入了科学观测、收集岩石和生物标本等方面，还利用狗拉雪橇进行了几次距离有限的内陆勘测。就这样，这支只有10人的探险队在阿代尔角长期驻扎下来，并度过了整整一年，从而正式成为"第一个在南极陆地越冬的探险队"。

除此之外，博克格雷温克还力图有所成就。在第二年夏季"南十字星"号来接探险队返程时，他把船引向了罗斯海更深处。在到达罗斯冰架边缘后,博克格雷温克及队员们选择了一个冰上豁口成功登上冰架,使他们又成为了"第一批踏上罗斯冰架的探险队",从而证明,这段看似天险的冰架,并非不可征服。

登陆冰架后,探险队再接再厉,又利用狗拉雪橇向南挺进到南纬78°50′。这段象征性的内陆探险,使博克格雷温克有资本宣布他们超越了罗斯,成为当时"向南挺进得最远的探险队"。

虽然博克格雷温克并没有到达令人期盼的南极点,也没有接近罗斯希望到达的"地磁N极",但他确实为后来的探险队开辟了一条实现上述目标的可行路线。

由是,极点探险进入了一个崭新的阶段。

冷知识

博克格雷温克小屋

南极大陆气候极其恶劣,冬季更为严酷。而阿代尔角地处南极大陆边缘,纬度相对较低(约在南纬62°左右),加上靠近西风带,所以这里经常风雨交加,晴天的日子屈指可数。

图8-6: 博克格雷温克小屋
图源: coolantarctica.com

但博克格雷温克小屋经过百余年风雨的考验,至今依然保存得比较完整,这不能不说是个奇迹。

D9：南极，我来了

前辈英雄们已经为极点探险奠定了坚实的基础。我们也来了。

今天是探险船启程的日子！

我们此行搭乘的是由加拿大探险服务公司运营的俄罗斯籍"伊沃夫（Ioffe）"号探险船。

图9-1："伊沃夫"号

这是一艘由芬兰建造的专业极地抗冰科考船[①],额定旅客92人,长117米,宽18米,吃水6米,功率为4900千瓦,航速可达每小时26公里。其抗冰能力为俄罗斯船舶冰级L1级。这意味着该船可以在最大厚度为1米的浮冰海面上,以不少于9公里的时速行进。

"伊沃夫"号看上去完全不像是一艘游轮。船上的旅客舱房外观就好像在甲板上堆砌了一些方头方脑的集装箱,然后敷衍地开了几个小洞采光通风,丝毫不考虑游客观赏风景的需要。另外,船上还有多处尚未(无法)拆卸的大型科研设备,旅客生活区只能占据船总长度的一半,也严重地浪费了船只的宝贵空间。想来,这样的"伊沃夫"号之所以还能被选中并改造成南极探险船,恐怕多少还是因为其出色的抗冰能力吧。

我们看着停靠在同一码头对侧的豪华游轮,忍不住为我们船简陋的外观而抱怨:"瞧人家的客房,全景观玻璃推拉门、休闲躺椅……这才有度假的感觉嘛。"

但在随后的旅程中,大家逐渐领教了什么叫做南极的风,什么叫南极的冷。这时才知道什么是真正的幸福——那就是能在刺骨的凛冽寒风里,温暖且安心地躲在厚厚的舱壁后面!那一刻的真实想法——让落地窗、阳光房见鬼去吧。

[①] 抗冰船主要指的是那些专门用作南北极海域科考探险的船只,具备在一定冰况下正常航行的能力,但不具备破冰开拓航道能力的船只。

冷知识

南极半岛游船只的选择

南极条约规定：在任何一个南极登陆地点，一次只允许一批旅客登陆，且每个批次的登陆人数必须控制在100人之内。换句话说，载客超过100人的船，必须将客人分成若干个批次，轮流上岸。

在此条件的影响下，南极半岛游选船时应该提前了解一些信息：

一二十人的小型游艇。优点是豪华，多为私人游艇性质，吃水浅，路线选择多，大型船只到不了的地方，小船也能去，登陆地点选择灵活；缺点是费用昂贵，且遇到大风浪小船不够平稳和安全。

100人以下的中小型探险船。不受登陆人数约束，每次都允许全员登陆。因此一次登陆可以停留更长的时间，或相同时间内可以造访更多的地点。缺点是费用相对较高，且此类船多为专业科考船改造，船上旅客起居条件一般，娱乐设施缺乏。

100人以上的大中型游轮。优点是起居设施、娱乐设施高级，船只大，遇到风浪比较平稳，且价格经济；缺点是登陆人数受南极条约影响较大，乘客只能轮流登陆。倒是适合以舒适为主，悠闲地登陆个几次，意思到了就行了的中老年旅客。

最后提一下大家可能感兴趣的"最后一分钟船票（Last Minute Ticket）"。

几乎每艘南极游船在船只临出发前，都会遇到预定客人无法成行,或舱位未完全售罄的情况。这种情况下,游轮公司会打折出售南极游的船票。有空闲且想少花钱的游客可以较为轻易地在乌斯怀亚港碰到这样的好事。但这种船票的缺点是,时间不灵活,船型也没的选择,且舱位肯定是最低的那档。

南极半岛传统10天路线,正常的大中型船舶票价在7000美元左右(中低档舱位),而"最后一分钟船票"价格大约是3500美元。

登船后,我们很方便地找到了自己的舱室,并安顿了下来,把各种易碎、易磕碰的东西,尤其是我们的宝贝葡萄酒,都妥善地安置好。剩下就是尽快熟悉各种日常活动区域及相关设施的位置,了解应急撤离路线和逃生设备。

图9-2:从船上眺望乌斯怀亚

未几,船起锚,人离岸,期待已久的南极半岛行程正式开始!

"伊沃夫"号平稳地穿行在比格尔水道上,青山绿水的乌斯怀亚尽收眼底。雨后的空气好得出奇,能见度也异常地高,远方嶙峋山峰的细节历历在目。

行不多时,南美洲最南端——合恩角就出现在眼前,很快也被甩在了身后。

看着远去的大陆,我心中泛起一句话:"西出阳关无故人。"不错,前面已是"没有故人"的不毛之地,接下来的每一寸土地、海洋都是我未曾涉足的新奇地域。

我喜欢这种感觉,就像在电子游戏中打开了隐藏的新地图。随着你前进的脚步,迷雾层层散去,新的世界展现眼前。

合恩角正对着的海洋就是德雷克海峡(Strait of Drake),它位于南美大陆与南极大陆之间,长只有300公里,但即便是最窄处也有970公里,是世界上最"矮胖"(长宽比)的海峡,也是进入南极地区的第一道关口。

此海峡素有恶名在外,是地球上排得上名次的险恶地域。原因是,南极大陆的干冷空气与美洲大陆相对湿暖的气流在此相遇,加上海峡宽阔,无遮无挡,因此,肆虐的风暴成为德雷克海峡的主宰。据不完全统计,自德雷克发现这个海峡至今,已有800多艘船只因风暴、海啸等原因意外沉没在德雷克海峡,近两万人遭遇不幸。

我们进入德雷克海峡的时间虽然不是狂风的季节,但海面也不平静。头顶上阳光普照,蓝天白云,一片祥和;脚下却是像开了锅的沸水,无休止地翻涌,白色的大浪也频频来袭。

船很快也跟着"浪"了起来,仅凭双脚已经很难在湿滑的甲板上平稳地站立。行走、拍照也变得比平时困难。一不小心,就能摔个屁

图9-3：进入德雷克海峡

图9-4：舞风戏浪的大翅鲸

股墩,且相机狠狠地磕到墙壁或脑袋上。

只有海洋中的霸主——大翅鲸①,还能在这样的海况中,舞风戏浪。

图9-5:运送遇难船友的飞机

德雷克海峡因为浪大,船舶颠簸厉害,几乎人人都要晕船呕吐。故此被戏称"这是每个人都要交的德雷克税"。但我们三人在"自己人"队长高瞻远瞩且沉着冷静的领导下,全都屁事没有,吃嘛嘛香,连睡觉都安安稳稳,根本没碰到睡眠中人被船只的颠簸掀下床铺的情况。(难道真的是因为我们都很胖?)

---

① 大翅鲸,又称驼背鲸。

德雷克海峡，这个险难我们原以为就这样有惊无险地度过了，但第二天一早却被告知：一位船友因船只颠簸引发旧疾，船医对诱发病情的颠簸束手无策，加之在缺医少药的茫茫大海中求助无门，以至于那位船友竟然真的就一病不起。一时无语的我们半响才反应过来：传言非虚，德雷克海峡真的是一道不折不扣的鬼门关！

我们的船随即停靠了设有飞机跑道的阿根廷南极科考站，并联系飞机，将遇难船友运送回南美大陆。看着飞机慢慢地掠过头顶，终于才体会到南极英雄们洒泪挥别遇难同胞时的心情——沉重、无奈、一路走好。

但，南极洲，经过千难万险，我们还是来了！

图9-6：第一眼看到的南极洲

冷知识

德雷克

德雷克这个名字在中国名声不显,但我要是告诉你,德雷克是第一个完成环球航行的远洋船长,对此你会不会吃惊(或很不屑)?

"你骗谁呢,谁不知道完成首次环球航海的是麦哲伦呀!"

"但麦哲伦在菲律宾被土著杀死了呀,他确实没有真正完成环球航海!"

真正完成的是麦哲伦船队幸存的船员。所以,德雷克才是第一个完整实现环球航行的远洋船长!

弗朗西斯·德雷克(Francis Drake,1540年—1596年)是英国著名的航海家、私掠船船长,也是伊丽莎白时代的政治家和军事家。

十六世纪中后期,英国开始崭露头角。英国女王伊丽莎白一世超级眼红西班牙自南美各地抢来的金银等贵重金属,但此时英国的综合国力还是逊色于老牌海洋大国西班牙,尚无力与其当面硬抗。因此女王向英国民间船只颁发"私掠许可状",即动员和鼓励民间力量抢掠西班牙运输船只,而英国政府则默认为这种海盗式的行为合法。

德雷克正是在这种情况下,下海成为了一名有作为的私掠船船长（相当于持证上岗的海盗）。1574年，德雷克奇袭西班牙珍宝船队，夺得两万多磅财物（约10吨白银）后，荣归故国。

1577年，德雷克再次从英国出发直奔美洲沿岸，一路打劫西班牙商船。西班牙人当然不能纵容有人在"自家后院放火"，便派出军舰实施清剿。德雷克被迫向南美洲南部逃去，希望能绕过南美，并沿麦哲伦的航线逃回英国。但由于西班牙的封锁，他无法通过狭窄的麦哲伦海峡，因此只好继续向南。于是德雷克机缘巧合地发现了合恩角以南的，后来用他名字命名的德雷克海峡。

德雷克由此进入太平洋，并最终横跨太平洋、印度洋回到英国，成为了英国的英雄——第一位自始至终指挥环球航行的远洋船长。

1581年，德雷克当选普利茅斯的市长，之后又成为议会议员，获赠皇家爵士头衔。此后，功成名就的德雷克又加入英国皇家海军，在英国彻底击败西班牙无敌舰队（Spanish Armada）的过程中立下汗马功劳，并成功晋升为海军中将，从而一举登上"世界海盗史"的巅峰。

N10：姗姗来迟的主角们

迪维尔、威尔克斯和罗斯的地理发现合起来，使南方极区地图上增加了几千公里连续的海岸线。包含威尔克斯在内的，越来越多的人开始相信"南极地区并非是一系列分离的岛屿，而是一片完整的广袤的大陆"。因此，南极点必然在陆地之上，所以只能通过上千公里的陆地探险，才能到达南极点（而不会像北极点那样因为在海中央，可以坐船到达）。

同时，探险家们也已经知道了，南极适合探险的，气温相对较高的夏天是短暂的。任何想利用一个夏天征服南极点的想法都是不明智的。因为你必须先借助船只通过浮冰区到达陆地探险的起点；然后再从这里前往上千公里之外，沿途路况不明的极点，并安全返回；再在冰封之前撤离南极大陆。所有这一切要在一个夏天内完成，而这无疑是痴人说梦。

而博克格雷温克探险队在南极圈内顺利过冬的经历无疑明确地告诉了他们，南极冬季的寒冷并非不可征服。于是，利用两到三年时间（第一年抵达并建立营地，第二年陆地探险，第三年科考并撤离），沿着罗斯、博克格雷温克指明的方向，进一步探索南极腹地，并最终抵达南极点，就成了他们必然的选择。

至此，南极点探险已经万事俱备，只待出发。

希望自己成为"第一个成功踏上南极极点的人"，并付诸行动的探险家不胜枚举。挂一漏万，在此我们仅提及将在未来这场南极点竞赛中，表现出众的三位"时代英雄"。

最后的维京人：罗尔德·阿蒙森（Roald Amundsen）

阿蒙森是挪威著名的职业极地探险家。

之所以称阿蒙森为"最后的维京人"，原因无他，除了阿蒙森出生、成长在维京人的故乡之外，主要还是因为他浪漫而执着的一生，淋漓尽致地体现了维京人永远无法摆脱的民族性格，即在冰雪与火焰里、光明与黑暗中，为了心中的既定目标，与大自然执拗地，然而又是乐观地不懈抗争。

阿蒙森于1872年7月16日出生在瑞典首都奥斯陆附近的一户较为富裕的人家。他的父亲年轻的时候做过远洋水手，吃过不少苦，后来当了船长，常年在大风大浪里闯荡。年纪大了之后，老阿蒙森定居下来，并在奥斯陆附近开办了一家造船工坊。

阿蒙森就在工坊和父亲的海上历险故事中长大，以至于他从小就渴望自己将来能亲自驾驶这些航船去劈波斩浪，并成为父亲一样的英雄。

一个偶然的机会，少年阿蒙森得到了一本讲述约翰·富兰克林爵士（Sir John Franklin）北极探险队的书。

图10-1：罗尔德·阿蒙森
图源：挪威国家图书馆

冷知识

约翰·富兰克林爵士
失败的北极探险

1845年7月，英国富兰克林爵士率领129名队员，分乘两艘装备精良，且携带了足以支撑全队几年消费物资的探险船，前往北极海域寻找西北通道（通过北冰洋，沟通大西洋和太平洋的西北方航线。在后文中阿蒙森的相关章节内会详细介绍）。但就在这样充分准备的情况下，整个探险队还是没能避免遭遇厄运，最终全部神秘地消失在北极圈内，无一生还。此后几年，多支救援队进入北极地区，沿着富兰克林探险队可能走过的足迹展开大面积搜寻。但不幸的是，救援队只找到了富兰克林探险队的部分遗迹，但他们无疑也证实了对富兰克林探险队已经全军覆没的猜测。

"富兰克林探险队到底遭遇到了什么"一直是个众说纷纭的话题，人们提出了很多富有争议的猜想。阿蒙森很快也被书中展现的北极地区的壮丽和各种神秘的未知所感染，开始幻想着自己有朝一日也能像一名真正的维京人那样，亲自驾船去神秘的极区探险，去寻找困扰大众的真相。

阿蒙森长大之后，又把当时挪威最伟大的极地探险家弗里德持乔夫·南森（Fridtjof Nansen）当作了偶像。

冷知识

弗里德持乔夫·南森

南森是挪威早期最著名的极地探险家。他因1888年第一个跨越格陵兰冰盖和1893年—1896年横渡北冰洋的航行而享誉探险界。他曾试图驾船随浮冰漂流到北极点，虽然失败了，但还是创造了当时人类到达最北的纪录。

阿蒙森渴望能追随偶像的步伐，去探索极区的神秘，但是阿蒙森的妈妈却始终不愿自己的小儿子像他父亲一样四海漂泊，而是希望他成为一名生活稳定的医生。母命大如天，阿蒙森只能暂时搁置自己的愿望，转而选择从医。

阿蒙森21岁时，母亲去世（父亲在早几年也已去世）。就在这时，阿蒙森做出了并未出乎大家意料的决定——他决定放弃学业，成为一名探险家。因为阿蒙森觉得没有必要浪费时间读什么医学，这本来就不是他的选择。

阿蒙森首先认识到的是，要成为一名合格的极地探险家，必须先成为一名经验丰富的航海家，要学会驾驭船只，否则怎么能去闯荡波澜壮阔的大海，远征冰情复杂的北冰洋。

于是，阿蒙森先在一艘北冰洋猎海豹船上当了一名基层水手，借以熟悉极地的海上生活。其后，又辗转服务于多艘远洋轮船，逐步提升自己驾船、领航的本领。三年后，从没进过航海学校的阿蒙森，在海洋的大风大浪里学会了航海，如愿获得了远洋船只领航员的资格。

1897年，阿蒙森正式开始了自己的极地探险生涯。在南森的鼓励下,他选择加入了杰拉许领导的比利时南极探险队①,并因曾在北冰洋的航行经历和领航员资格,被委任为"贝尔吉卡"号上的大副(First Mate)和领航员。

但出师不利,"贝尔吉卡"号在南极半岛附近进行测绘时,被浮冰牢牢困住。船员们不得不在冰封的船上滞留了一年,直到第二年夏天冰情缓解,他们才得以脱困而出。

"贝尔吉卡"号船员意外地成为了"第一批在南极过冬的人",阿蒙森也是其中之一。这段经历使阿蒙森亲自体验,并参与解决了一系列有关"如何在南极安全过冬"的大问题。这些问题包括"如何应付南极冬天的寒冷""如何有计划地使用有限的物资""怎样利用新鲜的海豹肉、企鹅肉解决困扰船员的败血病""怎样开展丰富的文娱活动,以减轻船员因漫长极夜而引起的意志消沉和精神崩溃程度"等等极地特有的问题。这些切身感受和应对经验为阿蒙森后来的极地探险,打下了良好的基础。

英国绅士:斯科特

斯科特是英国最著名的极地探险家,他的名字与南极密不可分。不光在英国,在全世界各处都能听到斯科特的南极探险经历在传扬。他悲壮的事迹,他为了国家勇于牺牲的英雄精神,在那场"南极之争"过去百多年后,依然没有丝毫褪色的迹象。

19世纪后期,曾经如日中天的大英帝国逐渐走向衰落,而斯科特就在这个没落的时代里,出生于一个没落的中产阶级家庭。

斯科特家有世代从军的家族传统,所以,斯科特13岁时便被父亲

---

① 详见本文N8。

图10-2：斯科特
图源：英国剑桥斯科特极地博物馆

送往海军学校，希望他能像他的父辈一样，成为一名英国海军军官。

斯科特的海军职业生涯是一帆风顺的，但他的家庭却没那么幸运。就在斯科特如愿成为海军军官的同时，斯科特的父亲破产了，并且很快就去世了。供养整个家庭的重任，就落到了斯科特的肩膀上。

然而在19世纪末，英国海军能提供给海军军官的快速升迁机会已经非常有限，普通士官更是没有可能靠实战中的英勇表现出人头地。此时的斯科特虽然已经凭借资历当上了海军上尉，但缺乏背景的他在这种没有战争的年代里，根本看不到迅速升官发财，从而解决家庭经济危机的丝毫机会。

就在这时，斯科特偶然地结识了倡导南极探险的英国皇家地理协会秘书克莱门茨·马卡姆爵士（Sir Clements Markham）。马卡姆一向视征服南极点为英国的国家目标，并希望以此表明"今日之英国并不逊色于我们父辈的英国"。

当时的马卡姆正在着手组建英国南极考察队。斯科特很快意识到，参与政府认可的探险活动，无疑是一条海军官兵在和平年代崭露头角的捷径。于是，他积极参与到这一活动中去，并如愿被选中，受命带领拟议中的英国南极探险队。

就这样，斯科特的人生道路发生了天翻地覆的变化。

最伟大的失败者：厄内斯特·亨利·沙克尔顿（Ernest Henry Shackleton）

与斯科特不同，沙克尔顿打小就对南极探险充满了兴趣。他曾说过："神秘的南极对我而言具有一种奇特的吸引力……对那片未经探索的大陆的痴迷，深深地根植在我的早期记忆里。"

沙克尔顿是半个爱尔兰人，从小酷爱阅读，尤其是诗歌——很多年以后，他会为探险队员们朗读诗歌来提振士气。但学校教育让他觉得枯燥乏味，年仅15岁的沙克尔顿就宣布要到海上去生活，于是16岁那年他就离开学校，成为了一名水手。

经过多年不懈努力，24岁的沙克尔顿拿到了船长资格证书，并为英国海军工作。沙克尔顿在海军中效力的时候，也没有放弃自己的南极梦。他一有机会就向听众滔滔不绝地讲述那片冰雪覆盖下的大陆的神奇，和他自己对那片土地的神往。

终于，沙克尔顿的口才和执着打动了一位军中同事的父亲，这位老人正巧是斯科特探险队的赞助者之一，于是他将沙克尔顿推荐给了斯科特。

就这样，毫无极地经验的沙克尔顿如愿以偿地开始了自己的南极征程，并将自己的一生完全奉献给了南极探险事业。

沙克尔顿为什么会被称为"最伟大的失败者"呢？且听下回、下下回和下下下回分解……

图10-3：沙克尔顿
图源：英国剑桥斯科特极地博物馆

早期的雪镜

众所周知,当人们身处雪地环境中时,如不加适当的防护,时间一长,非常容易就患上雪盲。

在那染色玻璃因制作工艺、成本等因素尚不能普及的年代,长年在冰雪环境下活动的极地探险家和滑雪者们是如何解决这个问题的呢?

不解释,答案自己看图吧。

图10-4:木制雪镜

图源:英国剑桥斯科特极地博物馆

D11：不到"长城"非好汉

抵达南极半岛后的第一天，天气便不是太好。略显厚实的云层努力遮挡着太阳，但太阳依然很顽强，将阳光像泼洒在水里的墨汁一样晕染在目光所及的各个角落。

"伊沃夫"号带着刚刚逃离德雷克海峡惊天骇浪后的疲惫，安静地停泊在乔治王岛西南部的海湾里休憩。

在南设得兰群岛和南极半岛的共同遮护下，这一海域异常平静。不远处，俄罗斯别林斯高晋科学考察站清晰可见。

停在这里，是因为船上有很多俄罗斯朋友，他们今天登陆的计划就是参观别林斯高晋站。而我们的目的地，则是同一区域的中国长城

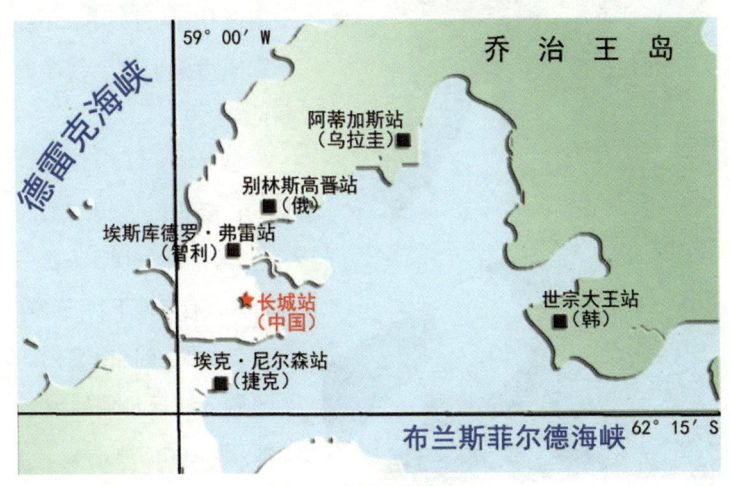

图11-1：长城站的位置示意图

科学考察站。

"伊沃夫"号的船员们首先用船尾的起重机，将堆放在甲板上的冲锋舟逐一吊放下水。

而游客们登陆前，则统一穿上醒目且保暖的冲锋服和救生衣，戴上炫酷的墨镜，套上防水防滑的胶鞋后，再在特制的水槽中清洗，最后利用固定在木板上的毛刷用力擦拭，尽量除掉附着在鞋帮、鞋底的细菌，以避免在踏上南极土地的过程中，不经意间污染了这个纯净的世界。

接下来，全副武装的游客们借助舷梯，一次一个人，有序地下到已经等待在水面上的冲锋舟内。随后，冲锋舟便劈波斩浪，驶向目的地。

图11-2：吊放冲锋舟

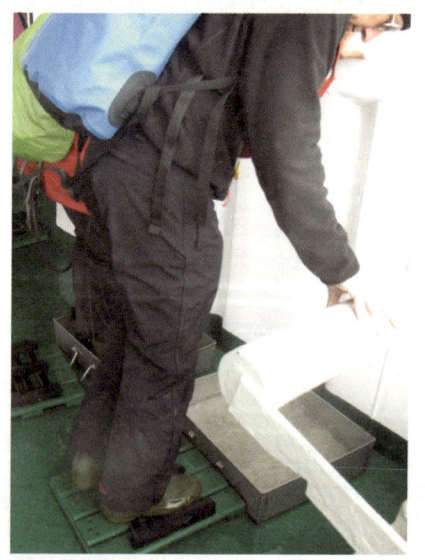

图11-3：清理胶鞋

我们的目标当然是长城站。"不到'长城'非好汉"嘛。

长城站距离我们停船的位置还有一段距离。所幸海浪不大,登陆队长就决定直接借助冲锋舟跨越这一段海面。

逐渐地,"伊沃夫"号远了,小了。可长城站却依然看不到一丝身影。望着阴沉的天宇和苍茫的大海,再伸手感受一下冰冷彻骨的海水,不由自主地抓紧了冲锋舟上的绳索,而心中则慢慢被"正襟危坐,四顾茫然"的压抑所笼罩。

图11-4: 劈波斩浪

长城站终于到了,冲锋舟直接抢滩,我们则迫不及待地踏上了南极洲的土地!

作为人类第二批登上月球的"阿波罗12号"的指令长,康拉德在踏上月球表面的时候曾说到:"好吧,对于尼尔(阿姆斯特朗)来说,这也许只是一小步,但对我来说,可是一大步!"①

图11-5: 踏上南极洲

的确,这一步对阿蒙森、秦大河来说不值一提,但对我自己来讲,意义重大!尤其是这一步还是在长城站,在咱们的五星红旗下迈出的。

长城站建于1985年2月20日,是中国在南极洲设立的第一座常年

---

① 阿姆斯特朗在跨出人类首次登上月球的那一步时曾说:"这是我的一小步,却是人类的一大步。"

图11-7：长城站邮局

图11-6：飘扬在南极洲的国旗

图11-8：家的距离

图11-9：海天之间

性科学考察站。站区位于乔治王岛西南，西经58°57′，南纬62°12′，南北长2公里，东西宽1.26公里，占地面积2.52平方公里。该站夏季可容纳60人，冬季可供20人左右越冬考察。

整个站区一侧面向海域，湾阔水深，人货进出方便；而另一侧则背靠小山，足以遮风挡雪，的确是一块"负阴抱阳，背山面水"的风水宝地！

放眼望去，整个站区并没进行场地平整，建筑物依地势东一座西一簇，殊少规律地散布在全站各处。

担负科研、办公的建筑自然不好去打扰，便溜达进一些文体、后勤的场所参观。在邮局不要钱似的盖了很多纪念章（当然，盖纪念章的确不要钱）。再次鄙视一下乌斯怀亚那个"世界尽头"邮局。

屋外空地上，插着好几根路标，密密麻麻地钉满了指向全国各地的路牌,想来是科考人员在排遣自己的思乡之情吧。

终于,催我们返程的冲锋舟来了。

临走之前,也来了个到此一游照。不知下次踏上此地又将是何月何年。

走了,不说再见,只在海天间留下背影!

冷知识

中国设在南极洲的科考站

英、法、美、苏联/俄罗斯、阿根廷、智利、挪威等国从20世纪初便开始了针对南极洲的科研活动。相对这些国家,我国在南极的行动起步较晚,直到20世纪80年代长城站的建立,才开始了以国家为单位的,有组织、有规划的大型科考活动。我们虽然来晚了,但因为国家级的南极活动规划有序,且后勤保障有力,使得多年来中国在南极的具体行动

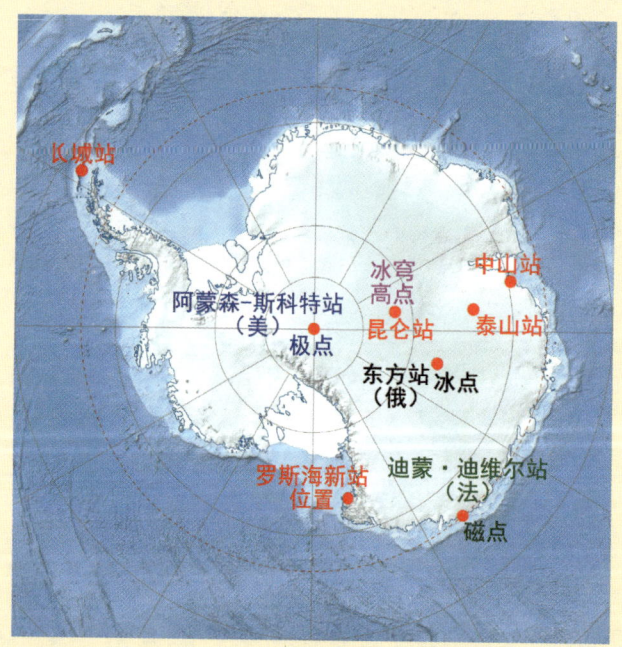

图11-10:四极点和中国各南极科考站位置示意图

图11-11：中国已建成的四座南极科考站
上：长城站；左下：中山站；右中：昆仑站；右下：泰山站
图源：国家海洋局极地考察办公室

成果卓著，并且后劲十足。

1984年，中国在地处南极圈外，气温较高的乔治王岛开工建立中国第一座南极科学考察站——长城站。

1989年，在东南极大陆拉斯曼丘陵建成中国南极中山站。中山站位于南极圈内的南极大陆上，既可开展极地科研活动，又可作为对南极内陆进行科学考察的前进基地。同时值得一提的是，中山站是世界上最适合监测极光的场所之一，可以一天穿越两次极光带。

2009年，中国在南极内陆冰盖最高点冰穹A附近建立中国第一座（世界第六座）南极内陆科考站——昆仑站。

昆仑站所处冰穹A（Dome A），海拔4087米，是南极冰盖海拔最"高点"。它与经线交会的南极"极点"、温度最低的南极"冰点"、地球磁场N极的"磁点"并称为南极科考的四大必争之点，也是四个点中唯一尚未被其他国家抢占的点。

冰穹A地区同时还是南极冷源的中心区，是南极冰盖上

图11-12：建设中的新罗斯海站
图源：国家海洋局极地考察办公室

开展深冰芯钻探的最佳地点之一，也是开展雪冰现代过程、大气科学、空间物理和天文学观测等科学观测的理想地点，具有极其重要的科学价值。

2014年，位于中山站与昆仑站之中的泰山站建成。我们知道，昆仑站依靠1280公里外的中山站作为保障基地，所有的物资多靠内陆车队运输，单程大概需要18天时间。故此，

建立泰山站的重要定位之一是中转枢纽站。

除此之外,泰山站还将成为南极格罗夫山考察的重要支撑平台,从而进一步拓展中国南极考察的领域和范围。

2018年2月7日,中国第五座南极科考站(暂名罗斯海新站)站区选定在罗斯海特拉诺瓦湾内恩克斯堡岛(Inexpressible Island,难言岛①)。

罗斯海新站建成后,将具备在本区域开展地质、气象、陨石、海洋、生物、大气、冰川、地震、地磁、遥感、空间物理等科学调查的保障条件;满足度夏、越冬的管理、科考、后勤支撑人员的长期生活、工作、医疗的需求,具备数据传送,远程实时监控和卫星通讯、保障固定翼飞机和直升机作业等功能,成为中国"功能完整、设备先进、低碳环保、安全可靠、国际领先、人文创新"的现代化南极考察站。

---

① 难言岛,是一个听起来十分"苦涩"的名字。几名"特拉诺瓦"号探险队(详见后文斯科特的第二次南极探险)队员在科考过程中曾经被困于此岛整整一个冬季。因困境中遭受的磨难一言难尽,故得此名。

N12:"发现号"之旅——斯科特的第一次南极探险

长久以来,英国皇家海军一直积极参与全球范围内的远洋探险,将取得新的地理发现作为己任。当然,其背后不乏含有发现和占有新的土地,进一步拓展大英帝国疆域的目的。库克船长发现太平洋诸多岛屿、布兰斯菲尔德发现南极半岛和罗斯发现罗斯海、罗斯岛及罗斯冰架无不是得益于这一传统。

然而皇家海军在这方面的兴趣和投入在1845年富兰克林探险队远征失败以后就逐渐减少了,因为,全球范围内尚未探明的地域已经所剩无几。对于遗留的两极地区,海军部则认为,高纬度地区寒冷贫瘠,经济价值有限,不适合派人占领;且位于极地的探险是危险和昂贵的,继续大规模投入是不值当的。

慧眼识英雄

这种情况一直持续到1893年才有所改变。那一年,马卡姆爵士出任英国皇家地理协会(Royal Geographical Society)主席。

马卡姆爵士出身英国皇家海军,从欧洲到南美,航迹几乎遍布全球。1850年,马卡姆更是奔赴北极,亲身参与搜寻失踪数年的富兰克林爵士的活动。具有极地探险背景的马卡姆担任英国皇家地理协会主席之后,便积极推动英国官方对两极地区,尤其是南极的探险活动。因为在马卡姆看来,南极探险的目的在于为英国发现新的陆地,重振大英帝国的辉煌,并为年轻的海军军官们提供机会,使之获得宝贵经历,敢于建功立业。

1899年，在马卡姆多年不懈的促成下，英国政府正式宣布将组织探险队对南极地区进行探索。本次探险总的费用约为9万英镑（相当于今天的800万英镑，或7000万人民币左右），一半由英国政府支付，而另一半来自于社会赞助。

马卡姆首先做的一件事就是选中年轻的海军军官斯科特担任探险队队长。早在十多年前，马卡姆就开始留意考察有探险潜力的年轻海军军官，那时还只是皇家海军见习军官的斯科特就已经进入了他的考察名单。

1900年时，背负家庭重任的斯科特正在为选择职业发展道路而烦恼，马卡姆恰好在此时向他伸出了橄榄枝——建议他申请担任南极考察队队长之职。对此，斯科特欣然应允。于是，在马卡姆的协调下，英国海军允许斯科特暂时离开他现在的海军岗位，并正式出任英国南极探险队队长。

行动筹备

斯科特迅速招募并建立起了自己的探险团队。

说起来多少有些不可思议，因为斯科特最终组织的探险队里几乎没有谁具有极地探险经验。应聘者只要身体好，又具有探险队所需的一

图12-1："发现号"上的斯科特和他的团队
斯科特（右五）、沙克尔顿（左二）
图源：英国剑桥斯科特极地博物馆

两项技能，就可以顺利入选。如作为地质学家的哈特利·费拉尔（Hartley Ferrar）仅是一名22岁的剑桥应届毕业生，他之所以能入选，除体格达标外，只是因为马卡姆认为他"完全可能成为一个真正的男人[①]"。

其实不用说别人，即便是作为队长的斯科特本人在被选中担任南极科考队队长之时，也才是第一次认真关注南极。但这种情况也是理所当然的，因为此时距离英国上一次针对南极的探索——罗斯爵士的南极之行（1841年）——已经过去了60年。换句话讲，当时英国已经没有谁还真正拥有南极探险经验了。

冷言冷语

说句题外话，沙克尔顿也在此次南极探险队中获得了一席之地。因为沙克尔顿平日只要有机会就绘声绘色地向听众宣扬自己的南极梦想，而他一位同事的父亲正是因此对沙克尔顿关于南极的执着留下了深刻的印象。所以，当斯科特探险队寻求并获得这位长者资助的同时，他也顺便将沙克尔顿推荐给了斯科特。斯科特无法对赞助商说"不"，故此，同样毫无极地经验的沙克尔顿得以顺利地加入了斯科特的南极探险队。

今天，我们已经无法查证，沙克尔顿的加入是否让斯科特觉得他的人事权被干涉，或是顶替了哪位他属意的人选。总之，斯科特虽然答应了这件事，但有些勉强，这使得

[①] 原文：might be made into a man.

> 斯科特对沙克尔顿这个"赞助商硬塞进来的人"心底产生了一丝说不出的反感。而当极端状况出现时,这种暗藏的反感便彻底爆发出来,并产生了极为严重的后果(后详)。

因为罗斯海是已有记录里船只能够到达的最南方,所以,尽管它距离英国非常遥远(在新西兰以南),马卡姆和斯科特还是选择这里作为他们南极探险的突破方向。同时,因为博克格雷温克的经历证明人类完全可以在这里过冬,所以,出于对探险活动成功率的考虑,斯科特谨慎而保守地制定了一个为期三年的行动计划,即:

第一年,抵达罗斯海,选择建营地址,过冬并伺机侦察通往极点的路线。

第二年,向南极点冲击。撤回营地,并再次过冬。

第三年,科考,并撤离南极。

建立营地(第一年)

1901年8月6日,斯科特率领探险队乘坐"发现"号正式从英国出发。

1902年1月,斯科特按计划抵达罗斯冰架以东的海岸,即后来被名命为"国王爱德华七世地(King Edward VII Land)"的大陆沿岸,但经初步勘察后,发现这个地方并不适合大部队登陆。"发现"号接着考察了附近的鲸湾(Bay of Whales),一个位于罗斯冰架东部巨大的冰豁口。这次探险家们则又认为鲸湾不适合建立长期营地,因为鲸湾并非陆地,营地必须建在冰架上。他们计划中的营地则至少需要保留3年以上,而冰架是流动的,没人敢保证营地的安全。

图12-2:"发现"号停泊在巨大的罗斯冰架边
图源:英国剑桥斯科特极地博物馆

图12-3:斯科特小屋
图源:英国剑桥斯科特极地博物馆

"发现"号继续向西寻找合适的建营地点。2月8日,探险队的船只进入罗斯岛附近的麦克默多湾(罗斯岛西南与南极大陆之间的海湾)。这里正如发现者罗斯爵士描述的那样,麦克默多湾冬季虽然难免结冰,但因有罗斯岛的庇护,冰压相对较小,对船来说是安全的。更难能可贵的是,罗斯岛是稳定的陆地,安全无忧且登陆方便,还有一道冰架把罗斯岛南端与南极大陆牢牢地连结在了一起。

于是,探险队在罗斯岛最南端的一个岩石半岛上建起了自己的越冬小木屋,即窝棚点(Hut point),作为探险队的陆上大本营。

美国麦克默多科学考察站

选择落脚在罗斯岛的，除了斯科特，还有建于1956年的，被称为"南极第一城"的美国麦克默多科学考察站。

考察站是用阿奇博德·麦克默多上尉（Archibald McMurdo）的名字命名的，他是罗斯船队的海军军官，是第一个（于1841年）绘制此地区海图的人。

图12-4：麦克默多站（美）
红色圆圈中即是斯科特小屋
图源：美国国家科学基金会南极麦克默多科考站

麦克默多站从建站之日起就一直是南极大陆最大的科学研究中心，它同时也是南极科学考察最大的补给站，数个南极内陆科考站的运营都要在这里进行人员及物资中转。

> 每年夏天，美国海岸警卫队的破冰船会在结冻的罗斯海麦克默多湾开出一条航道，使补给船能抵达麦克默多站，为这里输送三千万升的燃油，五千吨的补给和装备。人员及其他重要物资则从新西兰基督城空运至麦克默多站附近的冰上机场。

向极点进发（第二年）

1902年11月2日，南极漫长的冬季终于过去了，斯科特、沙克尔顿和威尔逊三个人走出营地，开始了人类试图到达南极点的第一次尝试。这是一段前途未卜的旅途，他们不清楚沿途会碰到什么，甚至不能肯定他们的目标——极点处是否是陆地（也许只是冰架）。但这支毫无经验的远征军还是两眼一抹黑地，义无反顾地出发了。

图12-5: 斯科特（中）、沙克尔顿（左）和威尔逊（右）在出发前合影
图源：英国剑桥斯科特极地博物馆

在从英国出发前，斯科特曾经请教过挪威的北极探险家南森，并听从了他在物资运输方面的建议——利用狗拉雪橇。但一位雪橇狗专家曾指出，要想和雪橇狗达到天人合

一的配合，至少得训练两年。

而我们的三位探险家驾驭雪橇狗的经验仅限于一点仓促的练习，完全不清楚狗需要积聚大量脂肪来负担巨大的工作量，也不知道为什么有人出现在狗前方时狗就跑得特别欢。

不能高效地驱使雪橇狗，其结果就是人困狗乏。给狗准备的食物也意外变质，而斯科特又从人道主义立场出发，拒绝宰杀病狗、弱狗作为健康狗的食物。于是，又饿又累的雪橇狗开始拒绝工作。

三位爱狗的英国绅士无奈只好亲自上阵拉雪橇。失去了额外的帮手，绅士们只能采用了接力运输的方式来运输沉重的物资，即先拖运一半物资到前方某处，再返回来拉剩下的一半。这就相当于每一英里的路他们要走三英里。

冷言冷语

> 使用狗拉雪橇造成的种种不愉快，加深了斯科特对北极雪橇狗不适合作为南极探险运输工具的错误印象。这一印象直接对后续的南极探险，包括斯科特的第二次南极探险，所选用的运输工具和最终的结果，产生了重大影响。

除狗的问题之外，三位南极新手们还遇到了其他许多困难：队员们几乎都是使用滑雪板的菜鸟，所以不了解滑雪板在不同的雪情下应该适当调整以增减摩擦力；他们穿着的帆布外套帽子和衣服是分离的，这样造成脖子危险地暴露于冷空气中；还有其他各种各样的新手级问题……

然而这些困难都难不倒我们的英雄，就像采用人力雪橇接力一样,各种困难都被他们用自己强壮的身体所克服。他们就这样一直咬牙向南,折返,再向南,整整走了2个月。

折返

到12月底,一个更大的问题降临了。这次阻碍他们继续前进的是坏血病。探险队员们从出发至今,已经吃了两个月的压缩食品了。由于缺乏新鲜食物中的维生素C,沙克尔顿患上了严重的坏血病,斯科特和威尔逊也多少出现营养不良的状况。显然,再拖着病重的沙克尔顿执拗地向前走,将导致不可估量的严重后果。作为队医的威尔逊及时向斯科特提出,"放弃计划,立刻返程"。

可以理解,面对这种困境时,一心想获得"第一个抵达南极点"荣誉的斯科特是怎样的大为光火。他直接将未能达成目标的原因完全归咎于沙克尔顿——这个赞助商硬塞进来的家伙,就是他和他的坏血病拖住了大家的后腿。

斯科特的后续行为清晰无误地表达了他对沙克尔顿的严重不满:12月31日,探险队抵达82°15′。安营扎寨后,斯科特命令沙克尔顿留守帐篷,而他自己和威尔逊继续向南前进了一英里直到82°17′,创造了当时人类到达最南的世界纪录。

冷言冷语

斯科特毫不掩饰地将沙克尔顿排斥在世界纪录荣誉之外,这件事让沙克尔顿刻骨铭心。估计也就是在那个时候,沙克尔顿下定决心,一定要寻找机会,超越斯科特。

1903年新年前夜，三人小组踏上了漫长的回程。来时的好天气突然变成了风雪和大雾。除了饥饿，三人都患上了坏血症。沙克尔顿是情况最严重的，而威尔逊还得了严重的雪盲症，只能蒙上眼睛拉他的雪橇。

就这么跌跌撞撞地走了一个多月后，在离营地还有不到100英里时，沙克尔顿终于体力不支昏倒了。

冷言冷语

> 探险界一直流传着一个段子：说是沙克尔顿偷听到斯科特和威尔逊在帐篷外议论他，说他恐怕撑不过这次了。沙克尔顿在心里发誓："我会活得比你们都长！"9年后，斯科特和威尔逊在离沙克尔顿昏倒处不到一英里的地方死去，而沙克尔顿则比他俩多活了10年。

1903年2月3日，三人小组终于狼狈地，又是幸运地回到了罗斯岛窝棚点营地。人类的第一次南极点尝试失败，终极目标并未达成。

其实斯科特的这次探险的折返点离南极点尚远，连罗斯冰架的边缘都没有到达，但探险队毕竟创造了人类到达最南的世界纪录82°17′，共用时93天，往返路程（含来回接力）约1540公里。

撤离（第三年）

二月中旬，斯科特决定让部分队员随前来接应的船只"早晨"号返回，而自己和剩下的队员再在南极停留一年。

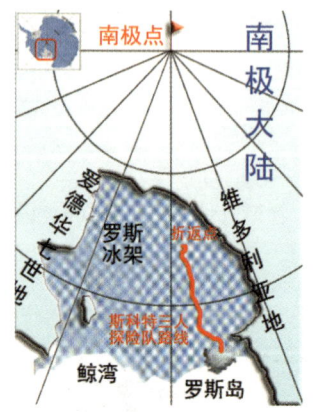

图12-6："发现号"探险队的路线示意图

此时，由于补充了新鲜食物，沙克尔顿的坏血症已然痊愈，他却也被斯科特勒令病退回家——小心眼的斯科特依然在记恨着沙克尔顿。

留下来的队员对南极罗斯岛及其周边地区进行多方位的探索，其科学成果涵盖了生物学、生态学、地质学和气象学等广泛领域。探险队还首次发现了国王爱德华七世地、唯一没有雪的南极山谷——干谷（Dry Valleys）、南极洲最长的河流——奥尼克斯河（Onyx River）、位于罗斯岛北部的克罗泽角帝企鹅聚集地等南极大陆地形地貌。

1904年初，"早晨"号和"新地"号两艘船前来协助斯科特的探险队撤离。

冷言冷语

据说，熟悉罗斯海海域的沙克尔顿曾被邀请担任后援队队长，但被依然还在伤心和愤懑中的沙克尔顿拒绝了。

后援船到了，但"发现"号却被浮冰困住无法脱身。直到2月中旬，天气转暖，加上斯科特等人对船周围浮冰又锯又炸之后，"发现"号才终于脱困而出。

图12-7：前来支援的"早晨"号、"新地"号
与被困的"发现"号在一起
图源：英国剑桥斯科特极地博物馆

回家

1904年9月10日，"发现"号回到英国，受到了为数众多的群众自发的欢迎。斯科特还被国王爱德华七世邀请到巴尔莫勒尔城堡做客。国王亲自听取了他的南极见闻，并向他颁授了皇家维多利亚勋章。

至此，"发现"号的南极远征告一段落，它在南极探险史树立了一个新的丰碑。"发现"号南极之旅虽然没有如愿抵达南极点，但正是这次南极之行培养和历练了一帮南极新人，指引着他们走上了南极之路。"发现"号之旅是当之无愧的南极探险"黄埔军校"，这些人当中有许多日后将逐渐成长为南极探险的领军人物，他们的名字将出现在后续几十年中的每一次南极探险队伍里。这其中包括罗伯特·斯科特、欧内斯特·沙克尔顿、爱德华·威尔逊、弗兰克·怀尔

111

德、汤姆·克里安和威廉·拉什利等大家熟悉的名字。

正是他们演出了南极探险英雄时代波澜壮阔的最后一章——"征服南极"。

D13:"吃饭、睡觉、打豆豆"——库佛维岛

有一支南极科考队遇到了一队企鹅,一位队员问其中一只企鹅,它每天都干什么。这只企鹅说:"吃饭、睡觉、打豆豆。"他接着又问第二只企鹅,回答还是吃饭、睡觉、打豆豆。直到问到第100只企鹅,这只企鹅的回答才略有不同:"吃饭、睡觉。"那个人便好奇地问:你怎么不打豆豆呢?那只企鹅哭了:"我就是豆豆。"

图13-1:登陆作业中的"伊沃夫"号

图13-2：金图企鹅

离开长城站，"伊沃夫"号继续向南进发，目的地是库佛维岛①。

早晨一睁眼，连夜赶路的"伊沃夫"号已经停泊在了目的地附近。

库佛维岛位于南极半岛的丹科海岸（Danco Coast）附近，这里有目前已知最大的金图企鹅（Gentoo Penguin）群——4800对，近万只。

金图企鹅学名是巴布亚企鹅（Pygoscelis papua），又名白眉企鹅，中等体形，身长约60～80厘米，重约6公斤。嘴细长，呈红色，眼睛上方有一个明显的白斑，显得眉清目秀。其模样憨态可掬，是造成企鹅呆萌印象的重要形象大使。

几乎是从上船伊始，身边的工作人员就不厌其烦地给我们普及

---

① 库佛维岛，Cuverville Island，西经62°38′，南纬64°41′。

图13-4：衔石造窝的企鹅

图13-3：不怨我，是企鹅自己不遵守《南极条约》

《南极条约》：要注意保护南极的生态环境，禁止触摸野生动物，禁止投喂、干扰它们的生活，上岸时不准主动接近企鹅，最少要离它们3米以上的距离……

刚上岸，大家对这一"圣训"无不遵之凛凛，初见到企鹅，便强忍着想去亲昵地拍拍这憨萌小天使脑袋的欲望，生怕所作所为有所怠误，丢了中国游客的脸。不过我们很快就发现要做到离所有企鹅3米远的要求实在是不可能的！因为，大家上岸没走几步就立刻陷入了企鹅大军的包围中。满坑满谷，左右前后全都是企鹅！要找一条离所有企鹅都达到3米以上距离的路真心很不容易。

更让人为难的是，你不主动去靠近企鹅，但架不住它主动靠近你呀。有时你蹲在雪地里给一只企鹅照相，相机刚放下，就被吓了一跳——另一只企鹅就在你身边，正好奇地瞪着小眼睛打量着你手中的

图13-5：笨笨的企鹅一下水，变得灵活无比

相机。

时间一久,大家自然就总结出了经验。比如你想和企鹅近距离合影,限于规定,你不能直接去靠近企鹅。所以,你应该选好一只正在蹒跚学步的漂亮企鹅,静等在它可能通过的路边。你放心,99%的可能性,它会主动过来跟你同框。

图13-6:企鹅"高速公路"

企鹅一般都把巢筑在露出冰雪的裸岩上,因为岩石在阳光照射下温度会变得很高,所以企鹅们衔取小块石头,在裸岩上搭造适合产蛋和孵化的窝。

在窝中下好蛋后,公、母企鹅便轮流孵化。孵蛋的时候成年企鹅也不得安生,既要时刻防备其他企鹅偷走石块,也要时刻准备着去偷其他邻居的石块。这里可没有什么稻草,小石块就是不可替代的战略物资。

空闲下来的那只企鹅就去捕食,其食物主要是小鱼和南极磷虾。金图企鹅是企鹅家族中游得最快的选手,别看它在陆地上摇摇摆摆笨拙的样子,一到水里,无比灵活,而且游得飞快,速度可达36公里/小时,赶上人类百米高手的水平。

可供搭窝的,裸露出冰雪的岩石面积有限,但企鹅又为数众多。所以,从岸边到小岛200米高的顶峰,包括各种悬崖峭壁,只要有裸岩,就被企鹅们修建成自己的家。

企鹅既要在窝里孵蛋,又要去海里捕食。所以,它们必须从巢穴到海边来来回回地走。"走的多了,就有了路"。于是,在这雪地上就出现了错综复杂的企鹅"高速公路"。看着这遍布出入口,但又没有标志的"高速公路网",真要佩服一下企鹅们认家识路的能力了。

对家住高层又没有电梯的企鹅更是需要隆重表示一下敬佩——这些腿既抬不高,步子也迈不大的,肥肥的小东西每天要爬那么高的坡真心不是件容易的事。

冷知识

企鹅的种类

目前已知的企鹅总数约为1.4亿只,可以分为18种类型。完全生活在南极的企鹅总数将近1.2亿只。也就是说,85%以上的企鹅聚集在南极。下图,是四种比较常见的南极企鹅:

图13-7:南极的四种企鹅
图源:世界野生动物基金会/WWF

帝企鹅（左）

成年帝企鹅高达100~130厘米，重达20~45千克，是体型最大的企鹅。帝企鹅身披黑白分明的大礼服，喙赤橙色，脖子底下有一片橙黄色羽毛，向下逐渐变淡，耳朵后部最深，全身色泽协调。颈部为淡黄色，耳朵的羽毛为鲜黄桔色，腹部乳白色，背部及鳍状肢则是黑色，鸟喙的下方是鲜桔色。

巴布亚企鹅（金图企鹅）（右上）

体长75~90厘米，体重5~6千克。成年的巴布亚企鹅眼睛上方有一个明显的白斑，嘴细长，嘴角呈红色。

帽带企鹅（右中）

体长约70厘米左右，平均重约4千克，其头部下面有一条黑色的纹带，眼圈为白色，头部呈蓝绿色，嘴为黑色，嘴角有细长羽毛，腿短，爪黑。羽毛由黑、白两色组成，它们的头部、背部、尾部、翼背面、下颌为黑色，其余部分均为白色。

阿德利企鹅（右下）

体长46~75厘米，体重4~6千克，眼圈为白色，头部呈蓝绿色，嘴为黑色，嘴角有细长羽毛，腿短，爪黑。羽毛由黑、白两色组成，它们的头部、背部、尾部、翼背面、下颌为黑色，其余部分均为白色。

再放一组金图企鹅的照片——甜甜蜜蜜小两口。

图13-8：企鹅协奏曲
1.啦啦啦，亲爱的，我来啦！
2.怎么这么脏？别跟人说你是我老公，丢不起这个人。
3.洗个澡呗，帅多了吧？
4.咦，鹅呢？
5.亲爱的，你在哪？
6.这才像我们家的高富帅嘛。现在，让我们快乐地舞起来吧！

怕冷的企鹅

在我们的印象里,企鹅是一种南极特有的鸟类。这种萌宠的小动物为躲避各种天敌,只能被迫躲到南极这种苦寒之地,辛苦生活,"猥琐发育"(不会飞的鸟)。

其实这里有些误会,因为"企鹅只分布在南极"的认识是错误的。事实上,自然状态下的企鹅分布在南半球从寒带到温带的诸多沿海地区和岛屿,就连炎热的赤道附近同样也生活着怕冷的企鹅——加拉帕戈斯环企鹅。

图13-9:加拉帕戈斯环企鹅及加岛位置示意图
图源:世界野生动物基金会/WWF

加拉帕戈斯群岛属于南美国家厄瓜多尔,几座孤单的小岛横跨在东太平洋赤道上(北纬1°40′—南纬

1°25′），即便离最近的南美大陆也有1000多公里。因为长时间的与世隔绝，岛上的各种动植物都与其他地方的同类迥然相异。

1835年，英国博物学家达尔文在环球航行中来到这里，正是这座小岛和岛上的奇特物种，使达尔文萌发了对物种起源的天翻地覆般的思考。

加拉帕戈斯环企鹅就是这些奇特物种之一，是所有企鹅中分布最靠北的一种。它作为赤道环境下的"土著居民"，彻底颠覆了大家关于"企鹅怕热不怕冷"的认识。

N14：极点赛"鸣枪"前的阿蒙森

今天不谈南极，谈北极。

让我没能忍住这离题万里诱惑的原因有二：

一来，从南极到北极，这样的跑题恐怕是在地球上能做到的南辕北辙的极限了吧？出了地球，估计也没人用南北了。

二来，当斯科特和沙克尔顿正在忙于他们第一次南极探险的筹备、实施和收尾工作的时候，本文的另一位不容忽视的主人公——阿蒙森，则把精力放在了北极。

1900年，人类进入新世纪。这一年，年轻的阿蒙森28岁。算起来，从阿蒙森全身心投入探险事业到现在，已经过去了整整七年时间。

这七年里，阿蒙森没有上过什么专业的航海学校。他从最基础的水手干起，在大风大浪的考验中，脚踏实地地逐渐成长起来。最终，他以不屈不挠的顽强毅力，在社会大学里完成了一位探险家必备的所有专业训练。

阿蒙森除了精通航海技术，取得了领航员和船长的资格之外，他还有目的地跟随"马格达伦娜"号进入北极地区捕猎海豹；搭乘"贝尔吉卡"号在南极浮冰区行进，并在南极圈内完整地度过了南极的冬天（人类首次在南极过冬，详见N8）。这些极地航海的实际经历，使得阿蒙森对于南北极地区的认识远比其他船长更深刻，也更适合在两极附近的高纬度寒区探索。相比较而言，斯科特和沙克尔顿则缺少了相应的成长经历和相关经验。

如今,阿蒙森已经准备好了。现在的他就像一名短跑选手,经过长期的训练后,终于站到了起跑线上,只待一声发令枪响,他便要奋力冲向胜利的终点。

西北航道(Northwest Passage)

当时的挪威,还只是瑞典的一个弱小属国,尚在寻求自己的独立(1905年独立),根本不可能像英国政府那样拿出大笔资金襄助极地探险事业。而且阿蒙森也没有获得来自马卡姆爵士那样的青睐——在他需要资助的时候,慷慨解囊。因此,所有探险的准备工作,特别是筹集资金,都需要阿蒙森自己来操弄。

故此,阿蒙森将他的探险目标设定得更为现实:打通欧洲人、美洲人梦寐以求的北冰洋西北航道。

西北航道

地理大发现以来,经过几代人前仆后继地不懈努力,人类对地球整体面貌的认识大为改观。

当时西方人已经了解经由南非好望角的东方航线,或绕行南美合恩角的西方航线,两条线都可以抵达神秘而富庶的东方。但这两条路线实在是太长了!因此,他们又开始期望在北方也同样能找到一条目的相同的捷径。

而这条捷径就是西北航道。它东起格陵兰岛西侧的大西洋巴芬湾，经过加拿大北极群岛（Arctic Archipelago），西至亚美两洲分界的太平洋白令海峡，并将大西洋和太平洋连接在一起。

图14-1：欧洲通往亚洲的航线示意图

图14-2：西北航道示意图

> 很明显，西北航道将极大地缩短大西洋和太平洋各港口之间的航行距离。英国到中国的海路距离从绕行好望角的24000公里缩短至13000公里；而纽约到洛杉矶的海路距离更是从绕行合恩角的20000公里大幅度减少到8000公里。

谁是最有钱的人？是商人。大众可能更关心征服南北极点，关心人类第一次到达的极限区域。商人的关心则更为实际，那就是回报。因此，西北航道的经济价值，对商人来说，远远超过南极点。所以，我们完全可以理解阿蒙森的选择。

最终，阿蒙森以"打通西北航道获取声望之后的收益"为担保，向几位商人借贷了3万克朗，并加上他自己的积蓄和亲朋好友的帮助，勉强凑够了打通西北航道行动所需的费用。

启航

1903年6月16日，排水量只有47吨的前捕鲱[①]船"约阿（Gjoa）"号告别了挪威，绕过格陵兰岛，驶向风高浪急的北冰洋。

"约阿"号的目的就是寻找西北航道。阿蒙森在后来回忆这段经历时这样写道："船上只有我们几个愉快、幸福的人，抱着光明的希望和坚定的信心，向着我们的未来驶去。世界在我眼里，很久都是一团漆黑的，现在它忽然气象万千、引人入胜地展开在我面前了。"

所谓的"西北航道"实际上就是穿过加拿大北部北极群岛众多岛

[①] 大西洋鲱鱼。大名鼎鼎的北欧鲱鱼罐头就是生鲱鱼盐渍后自然发酵的产物。由于发酵过程中会产生大量硫化氢和一些酸类物质，导致发酵过的鲱鱼具有浓烈的臭鸡蛋或腐肉的酸臭味。据检测，鲱鱼罐头的臭味值为8079Au，而臭豆腐的臭味值只有420Au。

屿之间的水道。在上一次全球冰期结束时，原先覆盖在北美大陆上巨大的冰川向北退缩，被冰川切割得支离破碎的海岸，变成形态各异的大小岛屿。岛屿之间的水道错综复杂，如同迷宫一样（见图14-2）。

更让人觉得可怕的是，"西北航道"远远不是一座静态的迷宫，它随时都在变化。我们知道，一到冬天，北极极地冰盖便极力向南延伸，这一巨大压力在加拿大北部海岸的阻挠下，被迫向东西两侧改道，从而将巨量的海冰，源源不断地挤向格陵兰和白令海峡方向。今年宽阔的水道，明年可能就被厚厚的浮冰彻底堵死。即便是生活在这一带的爱斯基摩人也无法肯定地指出这座迷宫当年的出口位于何方。

图14-4："约阿"号在威廉王岛过冬
图源：挪威奥斯陆弗拉姆极地探险博物馆

图14-3：阿蒙森和他的队员在"约阿"号上
图源：挪威奥斯陆弗拉姆极地探险博物馆

"约阿"号按计划从格陵兰岛西北方向，小心翼翼地闯入幻境一样的北极群岛海峡当中。这是一段极难通行的航线，不仅水道曲折迂回，而且岛屿和暗礁众多，再加上时不时出现的恶劣的天气，其困难程度大大超过阿蒙森的预期。

此时此刻，阿蒙森娴熟的航海技术有了用武之地，他仗着船小灵活，万分谨慎地躲避着数不尽的横在"约阿"号面前的冰山，冒着随时可能出现的碰撞危险，在冰山之间的狭缝里穿行。

"约阿港"过冬

1903年9月初，"约阿"号驶近威廉王岛。阿蒙森在岛东南选择了一个比较安全的港湾抛锚停泊，并在岸上建立了过冬的小屋。因为，"西北航道"短暂的夏季将要结束了。

这个地方后来被称作"约阿港"。

提起威廉王岛，阿蒙森一点都不陌生，因为1846年9月富兰克林探险队的船只就是在威廉王岛西部的海峡里被浮冰围困，进退不得，后因不明原因（猜测是食物铅中毒）全军覆灭。

与富兰克林的悲惨遭遇相比，这次威廉王岛则更为友善地接纳了阿蒙森一行。阿蒙森根据以前航海的经验，事先采买了大量爱斯基摩人喜欢的刀、斧子、铁钉、缝衣针以及妇女喜欢的装饰品。这招果然起了作用，先是一些偶然路过的爱斯基摩人发现了阿蒙森的小队伍。然后，为了更方便地以物易物，一个近200人的爱斯基摩人部落直接

图14-5：爱斯基摩人
图源：挪威奥斯陆弗拉姆极地探险博物馆

把自己的营地搬到了阿蒙森的小船附近。

爱斯基摩人的到来，使北极的冬天不再寂寞。阿蒙森很快和爱斯基摩人成为朋友，掌握了他们的语言，也增进了对这个北极土著民族的了解。通过这段经历，阿蒙森从爱斯基摩人那里学会了很多极地生活的技能，包括如何建造防风御寒的雪屋，如何制作皮革的御寒衣服，如何打猎，如何滑雪，如何驾驭狗拉雪橇，如何对猎物进行加工等等。

这些技能在航海学校是学不到的，但它们在未来的南极之旅中全都派上了用场。

证明地磁极移动

阿蒙森的另一项伟大成就是他对地磁S极（关于磁极名称的说明，请参见本文N6章节）的连续测量和精确定位。

在阿蒙森西北航道之行的第二年春天，趁大地冰雪尚未开化之际，阿蒙森和队友驾着狗拉雪橇在浮冰上边观测边行进了20天，并最终到达了73年前罗斯测定的磁极位置。阿蒙森测定的数据表明地磁S极已经不在那里了，而是飘到了更北的位置。由此，阿蒙森成为了证明地磁极移动的第一人。

1904年的夏天伴随着不落的太阳又降临了，阿蒙森本来打算继续向西航行，完成西北航线的探险，但是老天爷不作美，这年夏天气候异常，气温很低，海上的冰一直没有融化，于是他们只好在原地又度过了一个冬天。

贯通西北航道

1905年的夏天比较温暖，极地的阳光渐渐融化了海湾的厚冰，西去的航道可以通行了。8月13日，"约阿"号在度过两个冬天后，终于拔锚起航。

然而，西行的航程也比估计的困难得多。北美洲北部的海峡水道，在这一带尤为复杂，经常同时出现好几条水道在船头的情况，人仿佛进入了迷宫似的，搞不清究竟哪一条水道可以通行。因为从来没有一个欧洲的航海家闯入过这些海峡，没有任何航海记录可供参考，更没有一张航海图能指明航向。

阿蒙森只能凭经验缓慢摸索前进，但北极的夏天是短暂的，天气开始逐渐变冷，海冰也多了起来。可"约阿"号仍然还在山重水复的海峡中转来转去，眼前仍是寂寞的荒岛、冷漠的冰原、狰狞的山岩，而那曲折长廊似的海峡依然向远方延伸。

8月26日这天，疲惫不堪的阿蒙森钻进船舱休息，心里却依然记挂着航行的事情，睡得也不踏实。突然，阿蒙森在船舱里听到队员在甲板上兴奋地大喊"船！船！"对面有船驶来，这意味着他们已经驶出了西北航道——这条探险家们为之奋斗了3个世纪的水路贯通啦！

他们此刻的心情，和当年哥伦布横渡大西洋，发现了美洲大陆一样，是无法用语言形容的。后来阿蒙森在日记里写道："西北航道打通了，我儿时的梦想实现了。我的喉咙痒痒的，眼泪涌了出来……"

宣布成功

"约阿"号继续前往白令海峡，但途中再次被浮冰围困。

浮冰可以困住"约阿"号，但它困不住阿蒙森把"成功的消息"告诉全人类的冲动。在一对爱斯基摩夫妇的帮助和陪伴下，阿蒙森借助狗拉雪橇，用时30天，赶到了育空河附近，有线电报网的终点在那里。

1905年12月5日，阿蒙森通过电报向全世界通报了他的胜利。

这封可以载入史册的电报是发给挪威探险家南森的，共1000多字,收费755美金。电报传送到西雅图时,被拦截了下来。原因是已经身无分文的阿蒙森,被迫选择以"对方付款"方式发出这封电报。电报局按相应的流程联系了对方国家的使馆。幸运的是使馆答应担保阿蒙森的电报费,于是三天后南森收到了这封电报。

不过西雅图电报局把"西北航道已经打通"的消息提前泄露了出来。美国报纸转身就把这个消息传向了全世界。原本和南森达成协议,将为阿蒙森独家新闻付高价的欧洲报纸遂拒绝出钱,而愤怒的南森则又拒绝支付美国电报费。

说句题外话,此时的阿蒙森意外得到了"挪威独立"的消息,这下他有了一位新国王——哈康七世(Haakon VII),而他的壮举随即也成了庆祝"挪威独立"的献礼。

D15:"大气磅礴的天堂"

今天的登陆点是南极半岛丹科海岸的天堂港①。

掩饰着内心的焦急,我们很早便穿戴停当,等待登陆。因为之前登陆的包括长城站在内几个地点,都是南极半岛的周边岛屿,而不是狭义的南极大陆,所以,这将是我们第一次踏上这"第七大洲"!

我们的"第一步"位于天堂港的阿根廷布朗科学考察站(Brown Station)。为减少对科学家们的打扰,我们在布朗站东侧的一处小码头踏出这确实值得兴奋的一小步。

这是我这次南极之行最重要的目标——踏上南极大陆,从而圆自己一个长久以来的愿望。当自己再自夸"足迹遍天下"时,心里才能更加坦然。

安排在"兴奋"之后的活动是攀登布朗站后方一座近百米高的小山头。

就像百年前初到南极的前辈英雄在地貌标志物上插旗宣告主权一样,我们也东施效颦,向着视野里的最高点,一步一个脚印地,慢慢爬向山顶,去宣告自己的到来。

按说对我等登山老鸟来说,爬如此低海拔的小雪山应该不费吹灰之力,但估计是这些天在船上晃久了,猛一踏上坚实的大地居

---

① 天堂港,Paradise Harbor,西经62°52′,南纬64°54′。

然还有些不适应,加上雪深且滑,我们并没有表现出应有的神勇。我们只是和大家一样,握紧手中的雪杖,踩着前人的足印,低头闷行。

阳光透过一尘不染的大气,毫无损失地照在我们身上。雪地的反光也像无影灯似的,将攀登的人们无死角地彻底包围在阳光里。气温虽然很低,但在这样360度的日光浴下,运动中的我们还是出汗了。

中途休息时,不经意一抬头,天堂湾已经完整地显现在视野中。蓝色的是天,白色的是雪,间或有黑色,那是大雪覆盖的山脉,而一汪淡蓝色平静的水面,在天、山和雪的怀抱里轻轻荡漾。

图15-1:踏上南极大陆的脚步

图15-2：攀登雪山

空气很凉，视野很远，周围很静。顿时有一种很纯粹，又很悠远的感觉。

继续走，不久便发现前方没路了——登顶了！

再回首，布朗站已然望之如芥。全身白色的"伊沃夫"号也和旁边漂浮的冰山一样，安静地点缀在山水间。

南极大气磅礴的美，扑面而来。

图15-3: 很纯粹，又很悠远

阿根廷布朗科学考察站

布朗站的前身是阿根廷海军南极分遣队的基地。

随着南极洲陆地范围的进一步探明,各个相关国家对南极洲纷纷提出领土要求。英国以"布兰斯菲尔德最早发现南极半岛(详见本文N4章节)"为由,宣称英国对南极半岛的领土权利;而阿根廷则针锋相对,他们的理由是"南极半岛离阿根廷最近";阿根廷的老对头智利也绝不会缺席这种抬杠的好机会,两个国家"愉快地"把领土争议的范围从南美大陆延伸到了南极大陆。

为造成"实际占领"的既成事实,阿根廷率先于1951年4月在南极半岛的天堂港建立了"布朗海军上将"(阿根廷海军的缔造者)海军分遣队基地,作为阿根廷海军在南极的基站和气象观测点。

1959年12月,《南极条约》签订。条约规定,"为了全人类的利益,南极应永远专为和平目的而使用,不应成为国际纷争的场所和对象"。从此,南极的领土争端告一段落,阿根廷布朗海军基地也在1960年正式关闭。

1964年—1965年,阿根廷南极研究所接管了布朗基地,并将之改建成为当时南极半岛最完整的极地生物实验室,然后继续以"布朗海军上将"为名,命名了这座新的南极科学考察站(常年站)。

我们现在看到的布朗站并不是初建时的样子,因为老布朗站于1984年被驻站科学家有意放火烧毁了，原因是他不愿意被留在布朗站过冬……随后，阿根廷在原址重建了部分火损的建筑，并将它降级为夏季站。

在2000年及随后的几年里，阿根廷因为经济的原因，暂时关闭了该站。很快这个消息就被金图企鹅知道了，于是企鹅大军毫不犹豫地抢回了这个地方（本来就是人家的），并在此愉快地生息繁衍。

由于布朗站有现成的登陆设施，又能方便地观察企鹅，加上这里相对温和的天气和位于美丽的天堂港等原因，布朗站很快成为旅游探险船游览南极半岛的热门游览目的地。

图15-4：阿根廷布朗科学考察站

2007年，阿根廷重新启用了该科考站（夏季站），但这一状况并没有改变。

下得山来，观赏憨态可掬的企鹅是必然的活动。完全不必要有意为之，它就在岸边、山脚和身畔。

众所周知，企鹅属于鸟类，却不会飞。而这里海边常见的另一种鸟则完全站在了企鹅的对立面，那就是最能飞的鸟——信天翁。

信天翁是世界上最擅长滑翔的鸟，它能借助上升空气的浮力到处自由翱翔，一飞起来可以几年不落地！据估算，一只信天翁一生（约50年）的飞行距离超过600万公里，即绕地球赤道150圈。

南极寒冷的环境促使很多物种发生了巨大的变化：企鹅忘记如何飞翔；信天翁则完全融入了天空；海豹有脚却不会走路；呼吸空气的鲸鱼怡然自得地以大海为家。无法想象，如果当初人类的一支也在南极生存繁衍，那他们又将如何变化以适应南极恶劣的气候呢？

陆上活动告一段落，大家兵分两路：或划上一艘小艇，自己去探索南极的奥秘，放飞自我；或跟随大部队，驾驶冲锋舟，巡游天堂湾。

我们没去划皮艇，而是坐上了冲锋舟。

小船离开布朗站，第一眼看到的是我们曾经登临的小山。这山其实就是一块临海的巨石，黝黑，在到处是雪的白色环境中很显眼，也很突兀。

紧挨着巨石的是一条看上去并不大的冰川，平缓地蜿蜒在山间。

南极的海洋冰川和普通的陆地冰川的成因是一样的，都是因为天空中落下的无穷无尽的冰雪，慢慢地汇集到V型的山谷中，从而形成

图15-5：金图企鹅

图15-6: 皮划艇

图15-7: 临海巨石

冰川。冰川在重力的作用下,进一步向下流动,并推挤前方的冰雪,直至将其推向大海。后雪推前雪,永不停息。

冲锋舟逐渐离冰川近了,此时方才体会到冰舌的高大。看样子,日常生活中形成的大小远近概念,在这里已经完全失效了。

冰川时不时地垮塌,轰然入水,并发出隆隆巨响。有的垮塌是发生在冰川内部,我们就只能闻其声,而无缘睹其面了。

从冰舌上崩裂而堕入大海的大型冰块,则漂浮在水面上形成冰山。在阳光和海水的作用下,呈现出各种各样婀娜的形象。

图15-8:高大的冰川冰舌

冷知识

世界最大的冰山

目前有记录的世界上最大的冰山是B15。它有多大呢？估计远远超过大家的想象力。

2000年3月，当B15从南极罗斯冰架上崩裂下来的时候，它浮在水面的部分长有300公里，宽度为40公里，面积约1.1万平方公里，相当于两个上海的大小。当然，请别忘了，水下还藏着冰山那看不到的十分之九呢。

据观察，大型冰山在高纬度地区能维持10年之久。最后的结局是崩塌形成无数小型的冰山，并融化在汪洋大海里。

如果这一数据无误的话，那么B15冰山今天已经不复存在了。

南极夏季的白天很长很长，但无论如何夜晚还是会到来的。

巡游完毕的"自己人"在外野了一整天，说什么也不愿意回到狭小的船舱，而选择在星空中南十字星座的照耀下继续撒野——幕天席地，安然入梦。

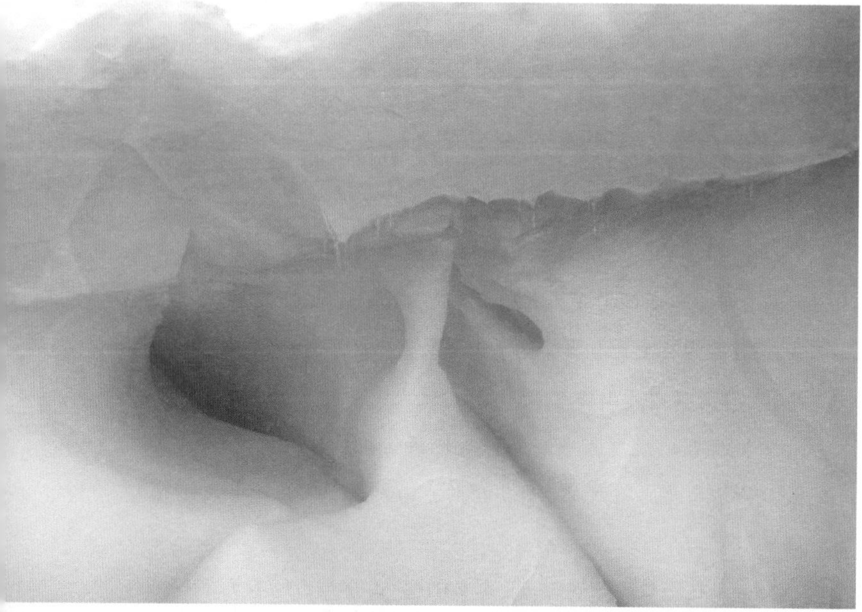

图15-9: 形状不一的冰山

南十字星座

南半球天空特有的星座。其特征是星座中主要的亮星组成一个"十"字形。

在南半球,重要的方向是南,但由于南天极附近没有像北极星那样的亮星,所以"南十字星座"就被利用来指示方向——从这个"十"字形最长的一竖向下方延伸约4.5倍距离就是正南方——天南极。

因此,南十字星座在南半球和北斗七星在北半球占有同样重要的位置。

图15-10:露营
右图为南十字星座

N16:"尼姆罗德号"之旅——沙克尔顿的第二次尝试

"人们由于各种原因,渴望自己能够抵达尚未有人到达的地方。有的是被对冒险的热爱所驱动;有的则是对科学知识有强烈的渴求;另一些人则只是被目的地的神秘魅力所吸引。我认为我自己的情况是这些因素的组合。正是这些因素一起驱使我再次投身于冰冷的南方。"

——沙克尔顿

之前的章节里说到,沙克尔顿为斯科特所嫌弃,被从"发现"号探险中提前打发回了英国。

回国后,沙克尔顿从事过很多职业,当过记者,做过苏格兰皇家地理协会秘书,还从过政,但他对南极的痴迷并没有因为去过了而减弱。沙克尔顿向每一个感兴趣的人诉说他对那片冰雪覆盖大地的无限向往,以及对再次得到重返南极机会的渴望。

这个世界上,永远不缺少机会,但它只留给有准备的人!

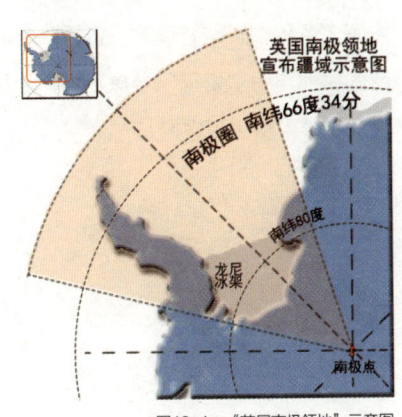

图16-1:"英属南极领地"示意图

机会

20世纪初，随着对南极自然资源了解的日益加深，英国计划对南极正式提出领土要求。英国认为它对从南极点到南纬60°、西经20°至80°之间的领土拥有主权（British Antarctic Territory）。

1907年正是英国争取南极领土主权的关键酝酿阶段，如果在这时能有英国人到达南极点，无疑将为英国占有南极的举措增加一个不容忽视的筹码。

沙克尔顿抓住了这一机会，并说服了他当时的雇主，英国工业巨头威廉·比尔德莫尔爵士（Sir William Beardmore）为沙克尔顿的第二次南极探险提供了赞助。

1907年2月，沙克尔顿信心十足地在英国皇家地理协会宣布了他新的南极探险计划。在沙克尔顿的计划中，他将沿着"发现"号探险队已经探明的路线，再次冲击南极点。这意味着沙克尔顿将把出发点设在斯科特第一次南极探险的同一出发地——罗斯岛。

斯科特对此立刻做出回应，声称他对罗斯岛的使用享有优先权，因为罗斯岛通往极点的道路是"发现"号探险队开拓的。岛上遗留的木屋、各种物资器材设备，包括整个宿营地都是属于"发现"号探险队的。他作为"发现"号探险队队长并没有丢弃这些东西，还会在后面的探险中使用到它们。

冷言冷语

沙克尔顿认可了斯科特对罗斯岛路线拥有优先权的意见，这也说明斯科特这么做在当时的探险界应该是一个通行的惯例，而不是胡搅蛮缠。但，征服南极点毕竟是当时英国人共同的心愿，同为英国人的斯科特此举则与他一贯自诩的"英国绅士"式的人设大相径庭。

当然，凭这一点并不能说明"斯科特就是个坏人"。试想，如果斯科特真是坏人的话，在第一次南极探险的极点冲刺后期，完全可以把当时他认为"因患坏血症而拖累了大家行程的沙克尔顿"抛弃掉，而不是在缺吃少喝的情况下，还千辛万苦地把这个患病的"累赘"拖行了数百公里，直到安全回到营地。

因此，我们更愿意相信，斯科特只是太希望自己能抢先获取"南极第一人"的荣誉，生怕被人抢走，故而有些失态。所以，在如何看待斯科特的问题上，还是"论行不论心，论心天下无完人"吧。

最终，沙克尔顿做出了让步，答应放弃包括罗斯岛在内的整段维多利亚海岸，只在罗斯冰架以东包括鲸湾在内的国王爱德华七世地一带登陆。

沙克尔顿的这个承诺，使他按计划成功到达南极点的几率

图16-2：罗斯岛与鲸湾位置示意图

149

大为降低，因为他必须花费大量时间，沿国王爱德华七世地的海岸寻找新的登陆地点，而且此地点要具备运输、建营及过冬等条件。更重要的是这里与极点之间，不存在人力无法逾越的天堑，但根本没人能确保满足这些条件的地点真正存在。

出征

1907年8月11日，在公众的欢送中，沙克尔顿乘坐"尼姆罗德（Nimrod）"号探险船启航了。出发前，国王爱德华七世和王后接见了沙克尔顿，英王还御赐一面国旗，希望沙克尔顿能将它插上南极点。

1908年1月，"尼姆罗德"号按计划到达预定的登陆地点——南极罗斯冰架东段靠近国王爱德华七世地一侧的鲸湾①。

经过再三观察，沙克尔顿还是觉得这里不是一个建营的好地方，因为鲸湾这里没有陆地，营地只能建在罗斯冰架之上。但沙克尔顿的探险队要在这个营地停留两到三年，他可不希望设在流动冰架上的营地随时有滑入大海的可能。于是他放弃了这一地点，并开始在国

图16-3："尼姆罗德"号
图源：英国剑桥斯科特极地博物馆

---

① 鲸湾：因为有很多鲸鱼出没在这个巨大的海湾，故此被命名为"鲸湾"，日后将成为极点赛跑时阿蒙森的营地和出发点，可参见图16-2。

王爱德华七世地周围搜寻合适的登陆及扎营地点。

但不幸的是，多次接近海岸的努力均告失败。然而气温一天天冷下来，浮冰也越来越厚，南极的冬天不远了。此时的沙克尔顿已经别无选择了，只能违背他对斯科特许下的承诺，并将船驶向罗斯岛。

沙克尔顿出于对斯科特权利的尊重，没有直接占据棚屋点的斯科特"发现"号探险营地，而是在其西北方向30多公里处的罗伊斯角（Cape Royds）搭建起自己的预制小木屋。

对此，沙克尔顿解释到："毫无疑问，他（斯科特）只对占据（棚屋角）宿营地具有优先权。我认为我已经尽我最大的努力（去尊重他的权利）了"。①

沙克尔顿和他的队友们在此度过了他们抵达南极大陆的第一个冬天。

一路向南

在1902年—1903年间，在和斯科特一起冲击南极点的行动中，雪橇狗的"糟糕表现"无疑也给沙克尔顿留下了深刻印象。为此，他这次携带了一辆汽车（Motor Car）和十匹矮种马（Pony），用以替代雪橇狗拉雪橇。

实际使用证明，汽车在相对平坦的罗斯冰架冰面上运行正常，为沙克尔顿建立进入山区前的补给站提供了不少帮助。但这车毕竟不是为冰雪环境专门设计的汽车，而且完全缺乏在崎岖地形上行驶的能力，所以，在后期的运输中，更多只能依靠矮种马。

1908年10月29日，由沙克尔顿、马歇尔、亚当斯和威尔德四人组成的探险队正式向南出发。

---

① 原文如下：To this Shackleton replied: "There is no doubt in my mind that his rights end at the base he asked for …. I consider I have reached my limit and I go no further."

开始的行程相对顺利，他们只用了29天便超过了当年斯科特用了59天才创造的南纬82°17′的纪录。从此以后，沙克尔顿和他的队友向南跨出的每一步都将是人类新的纪录，但这也意味着他们已经进入了完全未知的地带。

图16-4：南极第一次出现汽车和马
图源：英国剑桥斯科特极地博物馆

不久，罗斯冰架上相对较为平坦的路结束了，摆在探险队面前的是由海岸过渡到极地高原的山区。

幸运的是他们找到了一条可以穿越连绵起伏山区的冰川。沙克尔顿随即用探险队赞助人比尔德莫尔爵士的姓氏命名了这条南极洲最大的冰川——比尔德莫尔冰川（Beardmore Glacier）。

冰川上的路也并不好走，相对于山区陆地的起起伏伏，冰川表面则更加支离破碎，拉雪橇的几匹矮种马或伤或亡。当最后一匹小马失足掉进冰裂缝之后，损失了所有额外动力的探险队员只好亲自上阵拉雪橇。

沙克尔顿的原计划是，每天平均走30公里，在90天（3个月）内往返极点。但此时，马匹的损失加上恶劣的天气，使得探险队每天无法完成预定的行进里程。这下计划肯定是无法按期完成了。于是，沙克尔顿被迫调整计划，他将预计的行程时间延长了20天（总数为110天），并相应减少了队员每日的食物供应。

就这样，半饥半饱的探险队员们继续向南挺进，并在圣诞节那天，赶到了南纬85°51′，这里离南极点还有461公里。

沙克尔顿再次盘点手中剩余的物资。将暂时存储在这里以供回程使用的食品减去之后，他们只剩下一个月的食品了。沙克尔顿意识到，仅靠这点补给，很难支撑探险队走完剩下的900多公里（即从这里往返极点）。因此，那个关于极点的梦想已经离他们越来越遥远了。

这种情况下，沙克尔顿仍然决定——放弃所有并非必须的物资设备后，继续向南前进。

能走多远走多远，能走多南走多南！

就在这种每顿口粮被缩减一半的情况下，四人小组又坚持了两个星期。1909年1月9日，探险队所剩的食品仅能支撑他们返回到上一

图16-5：沙克尔顿在折返点，南纬88°23′，
当时人类到达的最南端，附探险线路示意图
图源：英国剑桥斯科特极地博物馆

个补给站了。而这时他们的位置是南纬88°23′，离南极点不到160公里。

沙克尔顿别无选择，只能遗憾地承认此次冲击南极点行动失败。他们匆匆竖起英国国旗，并将这里命名为国王爱德华七世极地高原。再转过身来，又匆匆地踏上了回程之路。

沙克尔顿在后来写给他夫人的一封信中，对放弃咫尺之遥南极点的解释是："我想，亲爱的，你应该宁肯要一头活着的驴，也不会想要一头死了的狮子吧。①"

踏上地磁N极

图16-6：（从左至右）麦凯、大卫和莫森在地磁N极极点
图源：英国剑桥斯科特极地博物馆

沙克尔顿在出发前就指示探险队中的其他队员，在他出发前往南极点的那段时间里，对南极的干谷地区进行地质调查，并尽全力踏上地磁N极极点。

1909年1月17日，在经过了种种艰辛、种种磨难（不累述）之后，由埃奇沃斯·大卫（Edgeworth David）、道格拉斯·莫森（Douglas Mawson）和阿利斯泰尔·麦凯（Alistair

---

① 原文如下：I thought, dear, that you would rather have a live ass than a dead lion.

Mackay）三位科学家领衔组成的北方小组终于到达位于维多利亚地的地磁N极极点（东经155°16′，南纬72°15′），并升起了英国国旗。

愉快的结尾

1909年6月，"尼姆罗德"号回到了英国。

此时正值英国宣布占有南极领土之际，沙克尔顿虽然没能踏上南极点，但他还是被英国政府奉为了开疆裂土的国家英雄。沙克尔顿被国王授予骑士称号，许多政府、社会组织也凑热闹似的为其颁发了各种荣誉。

沙克尔顿获得的种种殊荣是当之无愧的！他领导的此次南极探险是南极历史上取得成果最为丰富的一次。

除了成为当时"到达最南的第一人"之外，他还找到并探明了前往南极点的绝大部分道路，并首次登上了极地高原；他的团队代表人类首次到达了地磁N极极点；在地理发现方面，他证明了南极洲确确实实是一块完整的大陆；他登上了南极最高的火山；测绘了维多利亚地的第一份地图……

更为难能可贵的是，在经历这段艰辛的旅程并取得

图16-7：佩戴勋章的沙克尔顿
图源：英国剑桥斯科特极地博物馆

上述成就之后,他的队友全部安然无恙。

最后,借用后来阿蒙森的一句话来称赞沙克尔顿:"沙克尔顿就是南方的南森(北极探险家)![1]"

冷知识

南极点刮什么风?

一直记得小学自然课本上的一句话,"风向,就是风刮来的方向。"

站在南极点上,任何方向都是北。所以,无论刮从哪个方向来的风,风向都是北风。

---

[1] 原文如下:What Nansen is to the North, Shackleton is to the South! —Roald Amundsen

D17:"计白当黑"

巡游纽马水道

"快醒醒!"

"自己人"冲进我们舱室催促道,"进纽马水道(Neumayer Channel)了!"

随便擦了把脸,我抄起相机直接跑上顶层甲板。

360度的美,毫无死角地涌上来。

前、后、左、右,只要是目光所及之处都是水墨渲染的世界。大块大块耀眼的白肆无忌惮地铺陈开来,在天际淡蓝色背景的映衬下,勾勒出原本应该是黑黝黝的山体。不经意间,应和了中国水墨画"计白当黑[①]"的意境。

而黑则又不甘寂寞地从白中挣脱出来,左一道右一块的,洋洋洒洒,就像四溢的浓墨。

白少了黑,稍显呆板;黑少了白,又缺少灵动。黑白两色你中有我,我中有你,谁也少不了谁。争来斗去,为这黑与白组成的世界增添了无穷之趣、不尽之意。

---

① 计白当黑,语出《艺舟双楫·述书上》:疏处可以走马,密处不使透风,常计白以当黑,奇趣乃出。

图17-1: 巡游纽马水道

图17-2：计白当黑

图17-3：计黑当白

太阳悬在半空中，温和地普照着大地。气温依然很低，凉，却没有一丝风。海面极为平静，平静得不像是海，而像一面镜子，一丝不苟地映照着四周的景物。只有我们船带起的一圈圈涟漪，才给整幅画增添了一丝"灵动"。

船则安静地向前漂移，倒影清晰可见。而船边那一簇簇大大小小的浮冰，像极了一朵朵白云，让人有悬浮在空中的错觉。

干净！

纯粹！！

透彻！！！

人仿佛陷入了一张气势磅礴的水墨画：四周都是景，船在画中行。

纽马水道是此次南极半岛之行最壮丽和最不容错过的景点。据介绍，这是一条长26公里，宽却仅为2公里的狭长水道。水道两侧的昂韦思岛与温克岛，连同远处杜默岛上的山脉，将来自德雷克海峡与南极大陆的风和浪都严丝合缝地挡在了外边，从而在此形成了这一片难得的平静水域。

每年秋冬季，随风而至的巨大冰山轻易地将这个狭长的水道堵得严严实实；而春天的暖阳，又把这些巨大的冰山切割、破碎，直至完全消融。

现在正值初夏，大的冰山已垮塌，但大冰山的残余——大小不同、形状各异的小冰山还密密麻麻地泼洒在海面上。我们的船冰级较高，完全不惧这些小冰块，一路碾压过去，挡道的小冰山应声破碎，又随即荡漾开去。

"伊沃夫"号依然在不紧不慢地行进。兴奋过后的我，慢慢地感

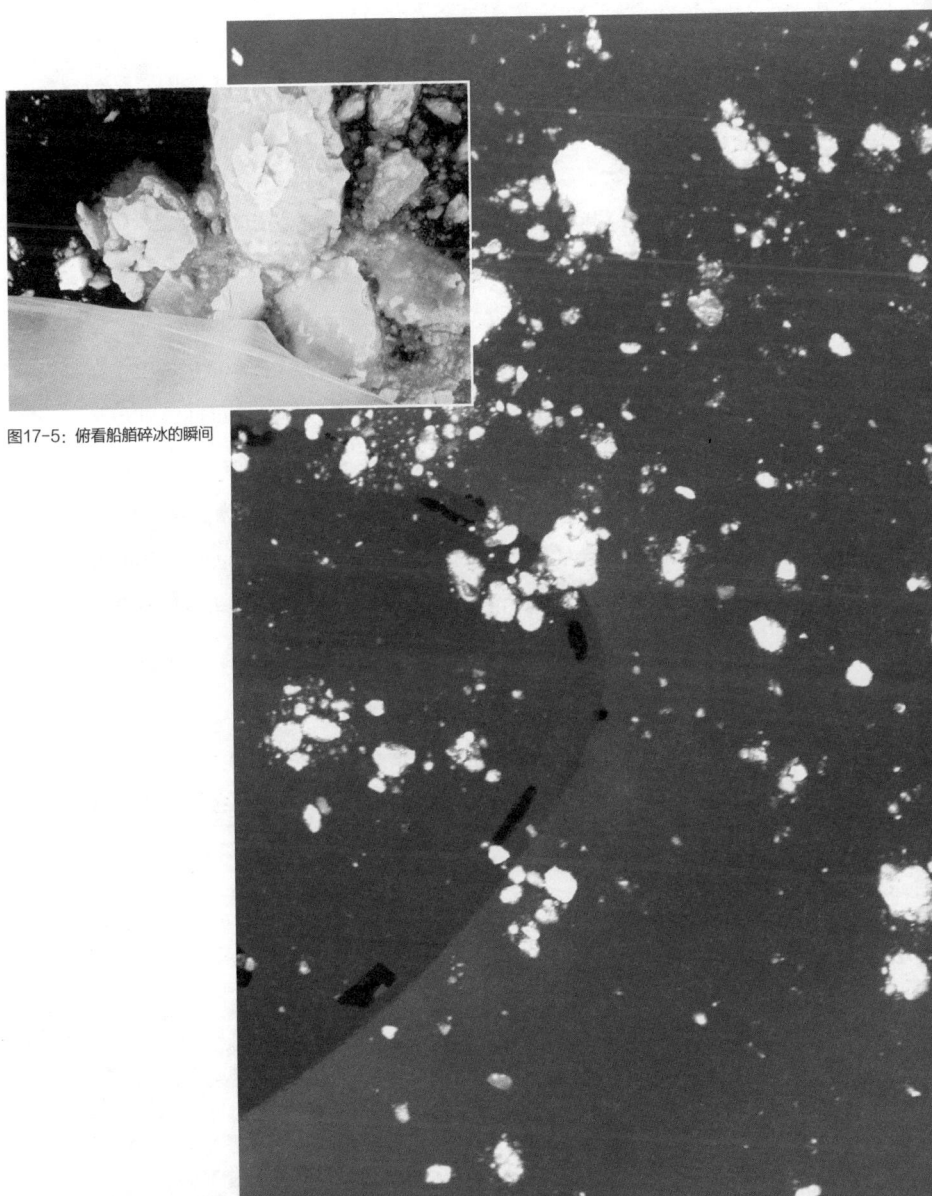

图17-5: 俯看船艏碎冰的瞬间

图17-4: 船头倒影

到从脚部冒出的丝丝凉意。哇,原来来得匆忙,居然没穿鞋。呵呵,俨然有古人"倒履相迎"之风。

洛克罗伊港

洛克罗伊港(Port Lockloy)就在纽马水道的西南端。这里常年风平浪静,是一个不可多得的天然良港。1904年法国南极探险队首先发现这个地方,并以探险队赞助人的姓氏命名——洛克罗伊港。

1908年,英国宣布占有包含南极半岛在内的大面积南极领土(详见N16),并对在附近海域活动的捕鲸船发放捕鲸许可证,以示自己对这片海域和陆地的权利。其后的二十多年里(约1911年—1931年),捕鲸人将这个风平浪静且风景如画的小天堂改造为捕鲸基地。

再后,阿根廷人对万里之外的英国人在自己家门口跑马圈地的行为大为不满,声称他们才真正对与自己咫尺之遥的南极半岛拥有领土土权,并宣布西经25°到68°34′之间,南纬60°以南,包括南极半岛、威德尔海在内的广大区域属于阿根廷。

同时,阿根廷还派遣了相当数量的军队在南极半岛一带修建自己的建筑和设施,并把英国人留在这里宣誓主权的碑、旗全部推倒和撤

图17-6:洛克罗伊港

下,或直接替换成阿根廷自己的标识。这里面就包括已经被英国人放弃的洛克罗伊港捕鲸基地遗存。

二战时期,英国人又开始担心德国派军舰封锁南极半岛和南美洲之间的德雷克海峡。于是,在1944年初,英国向南极半岛派遣了一支小规模的军队。这支军队在宣扬英国对此地拥有主权的同时,也负责监控德军在德雷克海峡的活动。这其中有一支将近十人的小队重新占据了依然荒芜的洛克罗伊港,并在此建立了英国在南极半岛的第一个永久性基地——基地A(字母表的第一个字母)。

二战后,结束了任务的士兵们马上离开了这个冰冷、孤寂的基地A。这次该基地并没有被再次放弃,而是摇身一变,变成了英国在南极的第一个科学考察基地。

1962年,英国在这一地区建成了更大、更现代化的基地后,基地A又一次被永久关闭。

英国站

乘坐冲锋舟,冲向基地A所在的小岛。远远看去,在南极空旷的大比例尺环境里,小岛和岛上的基地显得如此的渺小。

1994年,洛克罗伊港因其在南极开发史上所起作用的重要性,而被"南极条约组织"指定为南极第61号历史地点(Historic Site No.61)。1996年,英国参照二战时军事基地A的原样进行了重建,并委托英国南极遗产信托基金会(UK Antarctic Heritage Trust,简称UKAHT)进行管理。

如今,这里已经成为世界各国在南极洲设立的大约70个基地和研究站中少数向公众开放的基地之一。它也是南极半岛游比较热门的景点,据说每年到达这个小岛的游客有18000人。

岛上最重要的建筑,就是这座被称为布兰斯菲尔德小屋(Bransfield

House，不知您是否还记得这个人，可参见N4章节）的房子。

房内是个小的博物馆，各房间基本按二战时期基地A的原样进行了复原。其中有卧室、厨房、工作间、无线电台等，让游客感受到南极开发过程中原汁原味的南极生活。

出人意料的是，这里居然如普通景点那样配置了一间小小的礼品店，但出售的都是南极洲之外制造的南极旅游纪念品。不过也是，南极洲的一草一木都不应该被带走（话说，南极大陆没有草木吧？）。

其实让我们满怀期待的是这个真正的，世界上最南的正常运作的邮局——企鹅邮局。说它是邮局，其实它简陋得只有一个能正常寄送明信片的邮箱。但这个简陋的邮箱却将这里和全世界紧紧地联系在一起。

我们拿出早已准备好的明信片，盖章、贴邮票，然后将一摞摞明信片寄往世界各地。

图17-7：布兰斯菲尔德小屋

图17-8：基地内景原貌

图17-9：世界最南的邮局

信箱虽小，但每年（其实只是半年）从这里寄出的明信片有7万到8万张。这些明信片每两周将被集中送往英占"福克兰群岛"（即马尔维纳斯群岛），然后再被运送到英国本土，在那里通过邮政系统寄送至全世界。

又，估计这个邮局到北京的距离非常遥远，很多朋友已经收到了我寄的明信片，可我寄给自己的明信片至今还在路上……

冷知识

英国站的志愿者

每年春夏之际，英国南极遗产信托基金会都会派遣一支由四位志愿者组成的团队来洛克罗伊港负责英国站的运营和维护。

他们的日常工作之一是经营小礼品店与企鹅邮局。两者的营业利润直接用于对这座历史悠久小屋和附近其他南极历史遗迹的保养和维护。

这是一份听起来相当浪漫的工作，但从事这份工作必须要面对一些不可避免的困难（包含但不仅限于）：

寒冷——南极有多冷，不必多说；

孤独——没有手机，没有网络，没有社交，偌大的世界里只有你们四人。最开心的是有游客上门，但如果遇到坏天气，这就成了一种奢望；

简陋的食品——没有新鲜蔬菜,厨房只能加热罐头食品;

用水困难——岛上没有小溪,周边又都是海水。所用淡水全部依靠化冰,所以只能洗洗脸,不能洗澡(倒也不是完全不能洗,我们的冲锋舟一靠岸,英国站的小姑娘就兴高采烈地搭返程的冲锋舟去我们的大船上洗澡去了);

图17-10:英国站的小礼品店
图源:英国南极遗产信托基金会

简陋的医疗条件——小病联系附近的科考站,至于大病……

不过,可以高兴地告诉大家:这个职位对中国人是开放的[①]。每个有志于此的中国人都有机会在南十字星座的星空下,在这冰雪的大地上,体会只有自己才能感觉到的那份浪漫。

---

① UKAHT网站:We welcome applications from around the world, you don't have to be a UK Citizen. You do need to have a passport and easily travel to the UK for selection, training and then to Antarctica through South America. (您不必是英国公民,我们欢迎来自世界各地的申请。你只需要有一份护照,能很方便地来英国接受面试和培训,然后经南美到达南极,获得这份工作岗位)。

N18：极点赛之"各就各位……"

"斯科特！"

"到！"

1904年，"发现"号从南极返回后，斯科特回到了英国皇家海军。他立即被授予海军上校，并提升为舰长。第二年，斯科特描述南极之行的新书《"发现"号之旅》出版，很快就风靡一时。斯科特也因此在经济上所获颇丰。

到了1908年，斯科特更进一步，先是娶妻，再于次年得子。可以这么说，那时的斯科特位子、票子、妻子、儿子，诸子登科，俨然登上了人生和事业的巅峰。

但斯科特始终不能忘记那个梗在心头的夙愿——成为踏上南极点的第一人。

机会终于还是让他等到了！

1909年，沙克尔顿的南极探险队成功超越了由斯科特创造的"最南纪录"，沙克尔顿更因此而得爵。消息传来，斯科特坐不住了。

一来，斯科特自己

图18-1：斯科特和妻子凯瑟琳
图源：英国剑桥斯科特极地博物馆

创造的纪录作古。当年最看不上眼的马仔居然超越了自己,并因此获得了自己为之眼红多年而不得的爵位。是可忍,孰不可忍呀!

二来,沙克尔顿打通了从罗斯岛到南极点的绝大部分路线,仅以一步之差与南极点失之交臂。这简直是"天上掉馅饼"了,斯科特想都不敢想会发生这样的好事。如果斯科特是中国人,他一定会脱口而出:

"天与弗取,反受其咎。时至不行,反受其殃。[①]"

1909年9月13日,隐隐已有南极老帅之姿的斯科特再次披挂出征。他振臂一呼,应者近万众(约8000名申请者)。然后优中选优,从中挑选出65人组成了他的探险队。这其中包括七名参加过"发现"号探险的老部下,以及五名参加过沙克尔顿1907年—1909年"尼姆罗德"号探险的南极老兵。这些成员们经验丰富、身体状况良好,且各具相关技能,有人专心极地探险,有人志在从事科考,有人专门负责狗队管理,有人承担汽车使用和保养……

斯科特虽然视沙克尔顿为"意图抢他成果的人",却丝毫没有忽视沙克尔顿取得的经验和教训。他除百分之百采用了沙克尔

图18-2:人力雪橇
图源:英国剑桥斯科特极地博物馆

[①] 出自司马迁《史记·越王勾践世家》。

顿的南极点路线之外，还采用了很多沙克尔顿的成功之道，尤其是在选择运输方式方面。

斯科特和沙克尔顿在"发现"号探险中使用雪橇狗的悲惨经历（见N12）让他们得出"狗拉雪橇不适合用于南极运输"的结论。他们确信"人力雪橇"更可靠，虽然"人力雪橇"也有速度慢，且比较累人的缺点，但在山地、冰川等较为崎岖的环境里，"人力雪橇"是无可替代的。

沙克尔顿在"尼姆罗德"号探险中引入雪地汽车和矮种马，但他并没有全程使用这两种全新的交通工具，而是仅将这些新的运输方式用于冰架上的运输。目的是节省探险队人员的体力，为行程后半段在冰川和雪地高原采用的"人力雪橇"做好体力储备。后来的事实证明，沙克尔顿的汽车因为不是为冰雪环境专门设计的，在松软的冰雪表面行进力有不逮；但矮种马在上冰川前的较为平坦的冰架运输中的表现还是可圈可点的。

斯科特全盘接受了这种混合的运输方式，他也计划使用汽车或矮种马将装备和物资运输到比尔德莫尔冰川脚下，然后依靠"人力雪橇"完成剩下的旅程。

斯科特还特别研究了沙克尔顿在雪地使用汽车方面的失败教训，决定换用当年的黑科技——专门为冰雪复杂路况设计的履带式机动雪橇。他亲自前往挪威对雪地机动雪橇进行了一系列试验和改进，结果让他很满意，于是便花费了购买狗和马费用总和的将近七倍购买了三辆这样的机动雪橇。

斯科特并没有把宝都压在机动雪橇上，为保险起见，他还是带上了矮种马。另外，斯科特在挪威时，当时最著名的极地探险家，挪威的南森告诉斯科特要带"狗、狗和更多的狗"。对此，斯科特考虑再三，最终还是妥协了——他带上了雪橇狗，且聘请了专门的狗拉雪橇高手负责狗队的管理和使用。而斯科特自己则远离这些让他"讨厌的家伙"。

图18-3：机动雪橇
图源：英国剑桥斯科特极地博物馆

最终，3辆机动雪橇、19匹矮种马和34条雪橇狗共同构成了斯科特探险队复杂的运输体系。而且，这还只是为前半程路途准备的，至于向南极点冲刺时的主要运输方式，他只相信人力雪橇！

冷言冷语

据说，沙克尔顿曾希望斯科特在出发前拜访他，交流一下自己在南极的一些失败教训，并希望斯科特引以为戒。但令人遗憾的是，斯科特拒绝了这次见面。于是，这两位伟大的对手失去了"相逢一笑泯恩仇"的最后机会。

也许和沙克尔顿聊一聊，能帮助斯科特不再重蹈后来那场众所周知的悲剧？

谁知道呢。

不管怎么说，1910年6月15日，斯科特探险队搭乘的"特拉诺瓦（Terra Nova）"号如期从英国启程，驶向南极。

1911年1月4日，"特拉诺瓦"号抵达南极罗斯岛。

由是，斯科特率先抵达极点赛的出发点。

图18-4："特拉诺瓦"号锚定在罗斯岛附近海面
图源：英国剑桥斯科特极地博物馆

"阿蒙森！"

"啥，我报名的是北极赛呀？"

斯科特大张旗鼓为南极点做准备的时候，极点赛的另一位参赛者——阿蒙森却依旧还在忙活着他的北极点之旅。

19世纪末20世纪初，北极点和南极点一样尚未有人涉足。

从某种意义上讲，北极点比南极点更难到达，因为北极点所在地不是陆地，而是隐藏在浮冰之下。在气温最高，也是最适合探险的夏季，极点所在之处的浮冰相应的也高度融化，变得很薄、很破碎。船受阻于浮冰，人畜也几乎无法在脆弱的冰面上安全通行。因此，对北极点的探索，反而得在相对寒冷的季节进行。但此时北极点周围上千公里内厚厚的冰层，对当时的船来讲，这也是无法克服的困难。所以，就只剩下经由冰面到达北极点的选项。然而，像奔赴南极点那样，几组人马阶段性地、前仆后继地、分多年探索可行道路的方式完全不适用北极点。因为今年探明的道路，没人知道明年是否还会存在。甚至，当你幸运地踏上了北极点，都不敢保证来路依然畅通。

所以，"通达北极极点的道路在哪里"是一个没有答案的问题。

1906年，阿蒙森回到挪威。成功打通西北航道的业绩，为34岁的阿蒙森带来了挪威"民族英雄"的桂冠，并一跃成为与南森等人齐名的顶级极地探险家。但阿蒙森并没有满足，而是将目光投向了更伟大，也是艰辛的目标——北极点。

南森在探索北极点时，曾猜测北冰洋中存在着一股尚未探明的、但很可能流经北极点的洋流。他寄希望于能借助这股洋流，使封冻在浮冰中的船只自行漂移到北极点，从而帮助他实现征服北极点的愿望。

为此，南森定制了一艘短粗、浑圆而坚固的探险船——"弗拉姆（Fram，挪威语意为'前进'）"号。这艘船的船头、船尾和龙骨都做成流线型，这样当浮冰向船舷压过来的时候，船将会把这一压力转变成将船抬出水面的举升力，从而避免船只为浮冰所伤（可以看成是抗冰船的鼻祖）。

1893年6月24日，南森驾驶"弗拉姆"号向北极点进发。同年的晚些时候，"弗拉姆"号在西伯利亚海岸以北，北纬78°50′，东经133°37′的地方，成功"陷入"浮冰的包围，并开始像预期的那样，随着洋流向北方漂移。到了1895年春，"弗拉姆"号漂到了北纬84°4′，东经102°27′。但经测量，"弗拉姆"号从此开始向南移动。鉴于这种情况,南森带着一个同伴离船,在冰面上驾驶狗拉雪橇继续自己的北极点行程。不幸的是南森在到达北纬86°14′后,遇到了难以克服的困难,无奈只能转身回家。至此,南森创下纪录,并成为当时"到达最北的人"。

南森曾经的成功和失败启发了阿蒙森。

阿蒙森打算再次采用南森这种漂行方式来征服北极点。1908年11月,阿蒙森公布了他的北极计划:他将绕行阿拉斯加,然后将自己的船封冻到浮冰里,并借助那里向北的风势,漂行到比南森更高的纬度。再使用狗拉雪橇,直捣黄龙。整个计划的时间长达7年。

该计划受到了热烈的欢迎,国王哈康二世在计划公布的第二天就让人送来2万克朗的私人赞助,南森也慷慨地同意将著名的极地考察船"弗拉姆"号交由阿蒙森无偿使用,而挪威议会则批准拨款7.5万克朗,用于该船的修缮和改装。

与"斯科特亲自负责宣传和筹款,而将探险准备的相关工作交由手下人完成"不同的是,阿蒙森将探险队的筹款和对外业务都交给了自己的弟弟莱昂,而他本人则专注在更为有用的探险准备工作上。

他挑选了100条北格陵兰雪橇狗作为此次活动的"运输主力"。阿蒙森与南森一样认为,滑雪板和雪橇狗是高纬度冰区运输中,迄今为止最有效的方法。阿蒙森实在是不明白他的英国同行为什么会对狗如此厌恶:"是狗没有理解它的主人,还是主人没有理解狗?"

除此之外,阿蒙森还从他在"贝尔吉卡"号和"约阿"号上的经历中,了解到彼此相容的同伴对长时间旅行的重要性。因此,阿蒙森仔细筛选每一位应聘者,除专业技能之外,还要求他们具备熟练滑雪和驾驭雪橇狗的能力,并切实关注他们是否积极、开朗,乐于与人合作。

最后，18位符合条件的勇士脱颖而出，他们与阿蒙森一起，共同组成了这支势必将留名青史的伟大的探险队。

1909年9月，正当阿蒙森的准备工作进行到如火如荼之际，两条坏消息接踵传来：

——美国弗雷德里克·科克（Frederick Cook）博士于1908年4月21日到达北极点。

——美国海军罗伯特·皮里（Robert Peary）将军于1909年4月6日将星条旗插在了北极点。

谁最先到达北极点？

1909年9月，科克博士宣布，他在1908年4月21日到达了北极。仅仅过了五天，皮里将军也宣布，他在1909年4月6日踏上了北极！

当皮里将军得知他将与"北极第一人"的桂冠失之交臂的时候，立刻跳起来指责科克博士作弊，捏造抵达北极的事实。

于是，一场争论开始了……

问题是，皮里将军并没有证据证明科克博士造假；但科克博士也拿不出证据证明自己到了北极点。

科克博士的故事

1908年3月18日,科克博士和两名爱斯基摩人、两架雪橇和26条狗,在北冰洋的冰面上走了35天。在1908年4月21日,他确信:目的地终于到了。

图18-5:北极点之争(实际上,这张当年的媒体配图是有问题的,因为北极没有企鹅。)
图源:法国《小新闻报(le petit journal)》1909年9月19日

之后,科克博士花费了12个月的时间才回到格陵兰岛。为避免意外,科克博士将航海仪器和探险日记都留在了岛上,拟日后将其运回美国。他自己则经海路来到丹麦,并于1909年9月1日,在第一个有发报机的港口将自己到达北极的消息发回美国。

科克博士一回到美国,就不得不面对皮里将军的造假指责。然而,令人诧异的是,科克博士那些留存在格陵兰岛的,可以作为证据的文件和仪器居然全部离奇失踪了。科克只好把自己撰写的旅行报告交给哥本哈根大学的学者们,但学者们认为,这些材料不足以证明科克到达了北极。对此,科克博士百口莫辩,最终只能背负作弊者的坏名声,落得个背井离乡的凄惨结局。

插播一下科克博士的另一个故事:科克是个登山爱好

者。1906年，科克博士宣称他登上了北美最高峰麦金利山。这件事原本只是在登山圈子里流传，然而北极点争执发生以后，科克博士当年登山的同伴跳出来揭发科克根本没登顶。这下连"造假"的前科都有了，科克博士到达北极的自述自然就受到了更多人的怀疑。但后来又有人发现，该同伴是因为收了皮里将军的钱才诋毁科克博士的。戏剧性的是，这件事在20世纪70年代再次反转，有人沿着科克博士自己描述的路线走了一遍，却只登上了麦金利顶峰旁边的一个稍矮的山峰。今天，科克博士曾登顶的那座山峰被称为"假峰（fake peak）"，估计去过麦金利的登山者都听说过这个故事。

皮里将军的故事

科克博士出局后，皮里将军作为"北极第一人"的地位得到了巩固。他将自己的行程记录和仪器上交给美国国家地质协会，这些证据证明，将军本人率领24人，使用19架雪橇和133条雪橇狗，从哥伦比亚角（位于今加拿大）出发奔向北极。部分人员按行程进度陆续分组撤回，最后只剩下皮里将军、一名黑人仆人和四名爱斯基摩人于1909年4月6日到达北极。

美国国家地质协会根据这些证据，确认皮里将军为世界上第一个踏上北极的人。美国国会甚至通过了一项特别法案来证明：皮里将军确实到达了北极点。

让子弹再飞一会儿

在此后很长一段时间里，大家都认为最先抵达北极点的是皮里将军，但随着人们对北极地区认识的加深，支持科克博士的呼声愈见高涨。支持者认为，在科克博士行程报告中描述的现象有很多得到证实。这虽然尚不足以证明科克博士到达了北极，但无疑这一系列发现正在为科克博士彻底翻案开辟道路。

在科克博士逐步得到认同的同时，不利于皮里将军的证据却越来越多。比如：皮里将军曾经承认，他并没有借助天文观测来确定经纬度，而是通过计算地理北极点与地磁S极之间的差异来确定位置。针对这一情况，马上有人指出，现代科学已经证明了地磁极存在漂移的现象（简单地说，地磁极的位置每年都是不一样的）。将军既然没有把磁极漂移现象考虑进他的计算过程，那么他的计算结果势必与实际情况有在差异。故此，反对者得出结论：皮里将军根本没有到达北极点！

"好吧，我（阿蒙森）主意变了，改成参加南极赛。"

北极点被征服啦？！

阿蒙森关于北极探险的准备工作完全被这两个消息打乱了。为了这次远征，阿蒙森已经负债累累，他甚至把自己的房子都进行了抵押。可以说，阿蒙森完全把希望寄托在探险队的成功上，只有这样，他才能避免个人财务状况的破产。

"科克和皮里的新闻使我立即意识到北极已不可行，要拯救这次探险,必须调转船头朝南。"

——《阿蒙森回忆录》

于是,阿蒙森决定改变计划——去南极。但阿蒙森没有公开宣布他的新计划,因为先前探险队所募集的所有公共和私人资金都是以探索北极地区为理由筹措的,阿蒙森不敢保证这些资助人会在目的地变更后继续提供支持。

思前想后,阿蒙森最终决定,除了他的兄弟莱昂和探险队副队长尼尔森之外,向所有人隐瞒这一变动。而这种隐瞒甚至使队员中产生了一些莫名其妙的困惑,因为队员们实在无法理解为什么要进行一些明显与北极无关的准备工作,而他们的疑惑得到的却是阿蒙森云山雾罩似的搪塞。

幸好,这一情况并没有持续多久。1910年8月,"弗拉姆"号离开挪威,踏上了前往"北极"的征程。

9月6日,"弗拉姆"号到达孤悬大西洋中的马德拉港。这是"弗拉姆"号南极之行唯一的停靠港,从那里开始,这艘船将直接前往南极洲的罗斯海。

在这里,阿蒙森召集探险队全部队员,正式宣布"弗拉姆"号将去往新的目的地——南极。他解释说,这和原来的北极计划相比,也就是路过南美时顺路到南极兜一圈而已。当然,如果有队员不想去的,则可以马上回挪威,路费全部由阿蒙森支付。对这个变化,队员们的反应是积极的,全都兴奋地表示将随探险队继续前进。

阿蒙森也给南森写了一封很长的信,解释了他变更目的地的原因,并希望用他的成就为曾经的欺瞒赔罪。

最后,阿蒙森给斯科特发了一份在探险史上著名的电报:"请允许我通知你,'弗拉姆'号正在前往南极——阿蒙森①。"

数星期之后,消息传到欧洲。英国人猛烈抨击阿蒙森的"流氓行径",前皇家地理协会秘书长马卡姆爵士公开表示:"如果我是斯科特,我甚至不会让他们登陆!"

南森则在泰晤士报上发表了一封捍卫阿蒙森声誉的信件。在信里南森说,阿蒙森公布的北极计划及相关准备工作全部都是真实的,没有任何有意欺骗和误导谁的想法。而他改变目的地后之所以保守秘密,其出发点也只是出于怕被资助人阻拦而已。最后,南森更是强调到,鲸湾与罗斯岛相隔千里之遥(约700公里)。也就是说,阿蒙森选择的路线和斯科特的路线,除南极点外,没有任何重叠之处!(南森的潜台词就是,南极点又不是你英国的,那些说阿蒙森侵占斯科特权利的英国人纯粹是无理取闹。)

就在欧洲陷入彼此攻讦的时候,"弗拉姆"号已经踏上了向南的征程,远远离开了争吵的喧嚣。四个月后,1911年1月14日,"弗拉姆"号到达罗斯海鲸湾。

图18-6:"弗拉姆"号到达鲸湾
图源:挪威国家图书馆

阶段小结

斯科特于1911年1月2日,阿蒙森于1911年1月14日分别达到南极大陆。斯科特暂时领先12天。

---

① 原文为:BEG LEAVE TO INFORM YOU FRAM PROCEEDING ANTARCTIC—AMUNDSEN。

D19："春和景明，波澜不兴"

朱格拉点（Jougla Point）

由于英国站狭小，无法同时接待近百人的来访。故此，登陆队伍被分成两组，一组访问英国站人文景观的时候，另一组被安排在一水之隔的朱格拉点欣赏洛克罗伊港的自然风光。然后再彼此交换。

在金图企鹅的"夹道欢迎"下，我们登上了朱格拉点。

洛克罗伊港被人们发现不久，朱格拉点这个相对低矮、平坦，且风平浪静的宝地，就被捕鲸人看中了。1911年，他们在这里建立了捕

图19-1：登陆朱格拉点

鲸基地,对不方便在海上直接进行加工的大型鲸鱼进行处理,并为一众捕鲸船提供补给和简单的维修服务。但随着石油产品的多样化和规模化,人们对鲸油的需求(如制作蜡烛、润滑油等)逐步减弱,1931年,捕鲸人放弃了这个已然失去发展前途的地方。

多年的岁月流逝,以及后来英国站的重建,将捕鲸站曾经的痕迹几乎完全抹去,只有几根有意留存的巨大鲸鱼骨架还在无言地诉说着自己悲惨的命运。

在鲸鱼骨架边,旁若无人地躺着一头威德尔海豹,对来来往往且叽叽喳喳的游客们视若无睹,一心安睡。对方毕竟是一头躯体庞大的未驯服野兽,船友们分外谨慎,每次路过这里,都绕道而行。

我远远地给它拍了几张照片,就又开始奢望它能配合地摆出其他更有范的姿势。一边等,我一边想着,这哥儿们要是早生100年,如果它还敢这么大大咧咧地躺在这个曾经的修罗场,我估计,捕鲸人们分分钟就能让它变成海豹油……但不管你怎么想,它就是纹丝不动,就像是蜡像馆的一具模型。最后,我只好失望而去。

昔日的捕鲸港,如今的朱格拉点,已经被大量的金图企鹅重新占领。与金图企鹅同时喜欢上这里的,还有蓝眼鸬鹚,它们也在这里筑巢孵蛋。阳光下的朱格拉点一片生机盎然,完全看不出那段阴森森的过去。

图19-2:蓝眼鸬鹚和金图企鹅

图19-4:
<上> 阿根廷避难屋（红色）
<下> 英国的中转站（绿色）

图19-3: 快雪时晴

图19-5: 漫漫征程

图19-6：后人已望之如芥

小岛上适合作窝的裸露岩石屈指可数。鸬鹚和企鹅只能亲密地同居在一起，乍一下看上去，几乎分不清这两种鸟谁是谁。尤其是双方所生的蛋，我是完全分辨不出。鸬鹚和企鹅它们自己能分清吗？会不会发生，企鹅孵了半天蛋，却孵出只鸬鹚的冷笑话呢？

丹莫点

中午回船用餐，稍事休息，便又不知疲倦地出发了。这次的目的地是丹莫点（Damoy Point），也在英国站附近。

天气越来越好。蓝的天，因丝丝云彩而显得更蓝；白的山，也被块块裸岩衬托得愈白。加上沁人心脾的凉意，显得这个世界更加简洁和单纯，俨然像是一幅寥寥数笔、倚马可待的快雪时晴画卷。

除了山水之美外，丹莫点给人印象最深的是，这里有着南极半岛嶙峋地貌中难得的平坦。在南极开发的早期，因这里海湾风平浪静适合泊船，小岛又一马平川可供飞机起降等有利条件，英国人将这里建成了自己的飞机中转站。去往英国设在南极半岛最南方的罗瑟拉科考站（Rothera Station）的科考人员便能携带着物资在这里下船，再转乘小飞机前往目的地。

未及下船，便在蓝的天和白的山之间，发现了一红一绿两个醒目的小点，顿时感觉整个画面从黑白水墨，摇身一变，成了淡雅的水粉画。

红色的是阿根廷的避难屋（Refuge）。屋如其名，它为在这一带活动的人们提供一个在意外的坏天气里能遮风挡雨的庇护所。绿色的小屋则是英国人员和物资的中转站，就是让在此接驳飞机的人有个歇脚的地方。

1994年起，英国开始使用航程更远的飞机，直接从马尔维纳斯群岛（福克兰群岛）为罗瑟拉科考站提供运输服务，这座中转站随即被放弃。但鉴于它在南极开发中所起的作用，这里和洛克罗伊港的英国站一样，被追认为"南极历史地点纪念物（Antarctic Historic Site Monument）"，并由英国南极遗产信托基金会进行管理和维护。

图19-7：海湾巡游

图19-8：兴尽晚回舟

图19-9：热情的厨师和滚烫的烧烤

从小屋出来，出现在面前的是一道漫长的雪坡。坡上有什么？不知道。但看到船友们都在努力地攀登，我们便也加入了这漫漫征程。

望山跑死马！雪坡看着不高，但很长，走了半天也到不了头。在暴晒的阳光和厚实的冬装的双重作用下，只一会儿功夫，人就冒汗了。

又热又累之下，便一屁股坐在雪上（雪地的好处，除了能降温，还不怕脏裤子），回首来处。哇，一会儿功夫，居然成果斐然，不觉间，后人已望之如芥。

顿时自豪感油然而生，继而浑身再次充满力量，就像喝完了"红牛"似的，一口气便登上了坡顶。

与预想不同的是，目的地又是一片平坦的山坡。在山坡的另一面，风景独好。洛克罗伊港可入画的海湾全景迎面袭来。

半蓝未蓝的天，半化未化的雪，半黑未黑的山，以及平滑如镜的海和点缀在其间的英国站。眺望着这一切，胸中顿时涌起"春和景明，波澜不兴，上下天光，一碧万顷"之叹。

随后的活动是海湾巡游，即坐着冲锋舟，最大限度地接近冰山，从各个侧面发掘这一庞然大物的美。

时间在不知不觉中流逝，鳞状的云层也逐渐弥漫了天空，天色愈发暗淡。南极半岛夏天的傍晚降临了。

"兴尽晚回舟！"冲锋舟将客人送上大船后，又安静地荡了开去，漂浮在大船边，等待被吊车回收。（船老大们居然还站着……）

甲板上已然一字排开多个露天烧烤的摊架，船员们用热气腾腾的各色食物，迎接冻饿了整个下午的我们。狼吞虎咽地干掉了一只鸡腿后，我舒服地长出了一口气，"冰海余生"获救之后的放松和满足感顿时弥漫了全身。

南极科学考察站之最

最早建立的科学考察站是建于1904年2月24日的阿根廷奥长达斯站，其位于南奥尼克群岛苏里岛的斯科舍湾。

规模最大的科学考察站是建于1956年2月16日的美国麦

克默多站。站内各类建筑200多栋，建有洲际机场、大型海水淡化厂、大型综合修理厂、通讯网、医院、电话电报系统、俱乐部、电影院、商店等。一到夏季，美国、澳大利亚、新西兰等地的许多游客来这里观光，一时间车水马龙，热闹非凡，就像一座现代化城市，故有"南极第一城"的美称。

南极大陆上的第一个常年科学考察站是建于1954年2月13日的澳大利亚莫森站，它也是南极圈以南建站时间最长的考察站。

位于南极点上的科学考察站是美国的阿蒙森-斯科特站，地理坐标为南纬90°（没有经度），1957年1月23日建成，每年有30多人在此越冬。

位于世界寒极的科学考察站是建于1957年的俄罗斯东方站，它是最靠近南极点的一个考察站。1983年7月21日科考站测得最低气温为零下89.2℃，被称为南极的"寒极"。

规模最小的科学考察站是捷克斯洛伐克站，建在南设得兰群岛的纳尔逊冰帽上，站内仅有两座不到10平方米的木板房，无水、电、通讯设备，仅有2名队员在此进行科学考察。

南极洲唯一不属于主权国家的常年科学考察站是国际绿色和平组织于1984年建立的世界公园站，位于罗斯海沿岸的阿德利地，常驻队员4人，主要任务是监测各国南极站的环境保护。

N20：极点赛之"预备……"

参加极点比赛的运动员均已"各就各位"。

"预备"的号令响了。

建营

——斯科特——

1910年6月15日,"特拉诺瓦"号从英国启航。斯科特由于要处理赞助方面一些未尽的事宜,并没有随船一起出征,而是随后乘坐一艘较快的客轮,在南非开普敦追上大部队。抵达澳大利亚墨尔本后,斯科特又离开大家继续为赞助奔忙,而大队人马则随"特拉诺瓦"号自行前往新西兰。

在墨尔本,斯科特收到了阿蒙森那份著名的电报。

在此之前,斯科特对自己能"第一个踏上南极点"非常有信心。因为,通往南极点的路已几乎全线探明。所以,极点冲刺这件事,对斯科特而言,基本上就是件力气活而已,当然还需要一点点好的运气(合适的天气)。

和斯科特同一时期,德国的菲尔希纳、澳大利亚的莫森等人都计划率领各自国家的探险队,从不同方向,向着南极点进军。但斯科特并没有太多的担心,因为这些竞争对手选择的进军路线多在南极大陆尚未探明的区域,对手们无法针对可能出现的困难做出有针对性的准备,所以他们成功的可能性微乎其微。

但阿蒙森则完全不同了,他选择的是鲸湾路线——这条路线与斯

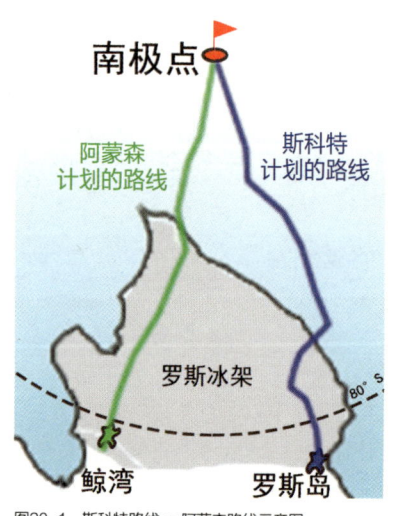

图20-1：斯科特路线vs.阿蒙森路线示意图

科特的罗斯岛路线同在罗斯海，而且彼此的起点距离不远（相距700公里，大约是北京到郑州的距离），有理由估测这两条路线的路况也相近。更何况，鲸湾距南极点的距离甚至比罗斯岛还近大约100公里！

斯科特看完电报立刻意识到，挪威人也盯上了沙克尔顿留下的大"馅饼"。这也意味着，此次南极之行不再是没有时间约束的，只有自己参加的，仅仅是与大自然的抗争，而是变成了一场有两组人员参加的，完完全全的速度比赛！

对这个半路杀出来的程咬金，斯科特不气愤是不可能的，但他对外仍然摆出一副绅士应有的姿态——当被媒体问及此事时，斯科特回答说，他的计划不会改变，他不会为了赢得南极点的比赛而牺牲探险队的科学目标。

1911年1月4日，"特拉诺瓦"号到达罗斯岛。

斯科特选择了棚屋点基地以北的埃文斯角（Cape Evens）作为登陆点和这次探险的基地。很快，一座供探险队陆上分队[①]工作和生活

[①] 为便于调动和管理，斯科特将探险队人员根据各自的任务划分为若干分队：负责航海和船只相应事务的是海上分队；其余为陆上分队。陆上分队又分为负责罗斯岛周边地域科考活动的科考分队；负责向南冲击极点的探险分队。其中，探险分队中最后登上极点的5名队员则被称为极点小组。后不累述。

的预制住宿小屋就出现在这里。与此同时，陆上分队所需的大部分物资，也顺利上岸了。

斯科特对探险队采用英国皇家海军的军事化管理模式，强调下级对上级命令的无条件服从。因此，就像英国军官无论在条件多么恶劣的野外，也要铺上干净的白桌布，举止优雅地喝下午茶那样，斯科特也时刻注意对自己权威地位的保持。这一点从埃文斯角营地斯科特宿舍和队友宿舍的区别就可以看出一二。

鉴于1901年—1904年"发现"号探险船因停泊得太靠南，离罗斯冰障末端太近，而被浮冰长期围困无法脱身的教训，斯科特这次特意选择了在上次登陆点以北约24公里的埃文斯角。

如此一来，船只陷入浮冰包围的可能性被降低；在夏初抵达基地

图20-2：建设中的埃文斯角营地
图源：英国剑桥斯科特极地博物馆

193

图20-3：斯科特的宿舍 vs. 探险队队员的宿舍
图源：英国剑桥斯科特极地博物馆

的时间被大大提前（越靠南的冰，化得越晚），而每年撤离基地的最晚时间也被相应延迟（越偏北的海，结冰越晚）。探险队可支配的活动时间得到了有效的延长。

但埃文斯角基地运作过程中，也暴露出了一个明显的缺点：这里离通往极点的必经之地——罗斯冰架还有24公里的距离。人员物资只有送到了冰架上，才算是真正登陆。也就是说，运抵埃文斯角基地的物资还需要被再次转运。

通过罗斯岛陆地进行物资转运的想法，由于路途过于崎岖（相对冰面），很早就被斯科特否定了。因此，只能通过营地与冰架之间的浮冰区来完成运输。但这个季节浮冰相对较薄，很多地方冰的厚度不足以支撑物资的重量。单靠目视又无法有效地判断冰的厚度，因此，探险队在浮冰区的运输危险重重。一架机动雪橇、几匹矮种马和部分物资就是在转运过程中,因为浮冰无法承受其重量,意外垮塌而提前损失了。

这个问题在探险队员从罗斯冰架上撤回埃文斯角营地时也同样存在,但斯科特并没有把

图20-4:探险队员在浮冰上运输物资
图源:英国剑桥斯科特极地博物馆

基地搬到冰架上去,其中最大的原因就是,陆上的基地比冰上的基地安全和温暖。毕竟,连企鹅都知道应该把巢建在裸岩上。

——阿蒙森——

"花开两朵,各表一枝"!

1911年1月14日,阿蒙森的"弗拉姆"号到达罗斯海鲸湾。这里是罗斯冰架上的一个凹陷,是船能到达的世界最南端。

1901年的斯科特探险队和1908年的沙克尔顿探险队都曾想把营地设在鲸湾,因为这里离极点最近!但鲸湾给人第一眼的印象就是,这里曾经是一段完整的冰架,后来因为冰层流动,产生了垮塌,从而形成了眼前的鲸湾。这也是当年沙克尔顿宁愿违反承诺,也不敢冒着团灭的风险把营地设在鲸湾附近冰架上的主要原因。

但阿蒙森还是毅然决然地将"弗拉姆"号的大本营设在了鲸湾,因为,对比罗斯爵士70年前的报告与后来"发现"号、"尼姆罗德"号及其他到达过这里的探险队的记录之后,阿蒙森隐约觉得,"鲸湾是

图20-5：锚定在鲸湾冰面上的"弗拉姆"号
图源：挪威国家图书馆

冰架上一个凹陷"的状况将近百年未变。经验丰富的挪威人进一步推测，鲸湾的成因不是因为冰流动得快，反而是因为冰流动得慢！即，很有可能鲸湾冰下是坚实的陆地（或浅滩），迟滞了这里冰的流动。鲸湾两侧的冰则流动相对较快，从而形成鲸湾这样的永久凹陷地貌。

鲸湾的成因

Bingo!

阿蒙森赌对了！今天的我们可以从鸟瞰鲸湾的卫星照片中清晰地分辨出位于鲸湾东南的、露出海面但又被冰雪覆盖的罗斯福岛（Roosevelt Island）的轮廓（见图20-6）。正是这个小岛明显地迟缓了这里冰川的流速，才导致鲸湾的形成。沙克尔顿等人之所以没有发现这个情况，很大原因是罗斯福岛常年被冰雪覆盖，而被当时的人们所忽略。

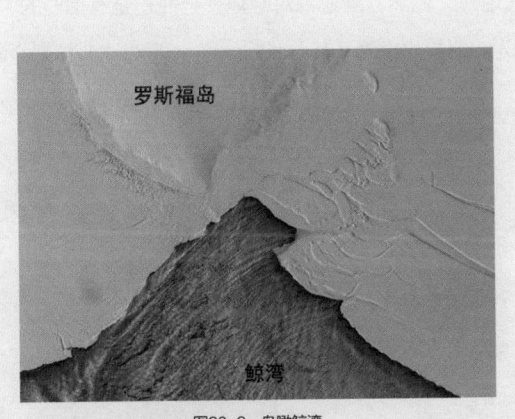

图20-6：鸟瞰鲸湾
图源：美国国家航空及航天管理局（NASA）
地球资源卫星（Landsat）照片

当然，阿蒙森选择在鲸湾扎营的主要原因还是希望避免与斯科特面对面地开撕，但从客观上讲，运气极佳的阿蒙森又一次占到了大便宜。

首先，鲸湾营地要比罗斯岛营地高出一个纬度，也就是说，这里距南极点近100公里，少了将近9%的路程。其次，因为营地直接设在罗斯冰架上，从而使阿蒙森完全避开了人员物资在浮冰上转运这一费时费力而且危险的环节，使物资运输和极点冲刺的效率大为提高。

当然，基地地处冰上且纬度更高，就意味着这里比罗斯岛更冷，风更大，但这些困难尚在可以接受的范围之内。可以说，起跑前，阿蒙森就已经取得了明显的优势。

但无论怎么样，从鲸湾出发还是有一个致命的问题：这是一条没人走过，且路况不明的全新的道路。

1911年1月27日，挪威人的大本营建设成功。营地设在了远离海边4公里的地方（显然，阿蒙森对营地安全性还是有担心的），阿蒙森将其命名为"弗拉姆海姆（Framheim）"，意为"弗拉姆之家"。

图20-7："弗拉姆之家"外景与内景
图源：挪威国家图书馆

阿蒙森利用建营的时机，收集了大量在此处唾手可得的新鲜海豹肉。在"贝尔吉卡"号上的经历告诉他，食用新鲜的海豹肉可以防止坏血病。因此他命令探险队所有成员每天至少要吃两次新鲜的肉类。所以，大约200只海豹被猎杀并冷冻。这些肉除供队员食用外，还被用来喂狗。

阿蒙森的这一举措，比斯科特为他的矮种马从南极大陆之外千里迢迢运来够吃至少两年的大量饲料要高效得多。

设立物资补给点

斯科特和阿蒙森不约而同地都选择利用1911年入冬前的时段，沿来年冲击极点的路线预先设置若干物资补给点。

一来，物资提前运输可以降低来年出发时的运输量，从而为冲击极点的探险队员和矮种马、狗节省体力。

二来，提前检验人员、设备、物资以及矮种马、狗对天气和道路的适应情况。现在发现问题，冬歇时还可以有针对性地改进。

三来，则可以提前侦察一下未来的道路情况，而这对阿蒙森尤为重要。

图20-8：运输物资的探险队员
图源：英国剑桥斯科特极地博物馆

——斯科特——

1911年1月24日，斯科特开始着手补给点的铺设工作，但这项工作一开始就遇到了意料之外的大麻烦。当他们准备出发时才发现，现在是夏季，营地与冰架之间的浮冰相当脆弱，有些地方连相对较轻的矮种马都负担不了，屡屡出现因冰面破裂而掉入大海的情况。这下，斯科特曾寄予厚望的机动雪橇只能被留在家里。

已经按运输方式打包好的重达数吨的物资被迫重新打散再次分装，继而小包装的物资被运至冰架末端，然后由斯科特等人使用矮种马和雪橇狗来回拖运，才将这些物资运输至距离冰架边缘3公里的"安全营地"。

迈出营地的第一步就让队员们付出了远远超过斯科特设定的每日工作量标准的精力和体力。

> 这些星期以来，我们每天都是半夜才入睡，累得连衣服都懒得脱掉……只有等空闲的时候，我们才能吃饭。我们在恶劣的环境下辛苦工作，因此，只要我们一坐在旅行包上，我们就会睡着。
>
> ——队员彻里-加勒德

1911年2月17日，在克服了矮种马不时陷入轻软的雪层、雪橇狗掉入冰裂缝等一系列困难之后，补给点小分队终于把工作进度推进到南纬79°29'。这里距南纬80°，也就是斯科特计划里最后也是最重要补给点的预设位置只有48公里了。然而在经历了24天艰苦奋斗之后，补给点小分队已经人困马乏。

矮种马的状况尤为糟糕。军人出身的奥茨（Oates）则建议继续前进，不达目的决不罢休。如果矮种马在途中出问题，那就干脆杀死那些已然衰弱的马匹，用马肉充当狗的食物。但斯科特出于仁慈，或认为缺少了这些马匹，会对来年的极点冲刺产生一定的影响，而拒绝了这一建议，并下令就在南纬79°29'设置"一吨补给点①"。

冷言冷语

一年后，斯科特将因缺乏食品和燃料倒在离此18公里的地方。如果他这时听从奥茨的建议，把补给点按计划设在向南48公里的南纬80°的话，悲剧也许就不会发生了……

---

① 因这个补给点放置了将近1吨的物资，故此得名。

3月5日,探险队队员们终于顶着风雪安全回到罗斯岛的棚屋点。随即再次因为棚屋点和埃文斯角之间的浮冰厚度问题而被困在斯科特1902年"发现"号之旅搭设的小屋内。

直到4月21日南极的冬天正式来临之前,探险队员们才踏着最后一缕有气无力的阳光,赶回了埃文斯角营地,结束了这场艰难的补给点铺设行程。

总的来说,斯科特的补给点铺设工作基本达到预定目的——为未来的极点冲刺设置了三个补给站,但耗时远远超出预期。

——阿蒙森——

同一时间,阿蒙森也组织了补给点铺设工作。

1911年2月10日,阿蒙森等四人带领18条雪橇狗和三架各自装载了250公斤物资的雪橇,开始了第一次补给点之旅。

滑雪技能高超的普雷斯特鲁德承担起"引路员"的角色,他一个人空身滑行在整个队伍的最前方,而其余三人则驾驶着满载货物的狗拉雪橇,沿着"引路员"指引的道路前进。作为队长,阿蒙森总是走在队伍最后,因为这样便于他清楚地了解队伍的整体情况。

出发之前,挪威人对面前从来没

图20-9:阿蒙森团队的狗拉雪橇
图源:挪威国家图书馆

有人走过的道路情况一无所知,他们预测将会遇到各种各样的困难。但令他们惊奇的是,罗斯冰架东端这片冰川出乎意料地平滑,白天气温也基本在零度以上。而给斯科特造成很大麻烦的冰架上松厚的浮雪和冰裂缝,也因为他们采用了又长又窄的滑雪板而得以轻松避免。

因此,阿蒙森的队伍行进得非常顺利,他们仅用了5天时间便到达了计划中的目标——南纬80°。在此地设置好第一个补给点后,小分队立刻回家,这次仅用了2天,便安全抵达"弗拉姆之家"营地。

冷言冷语

挪威人不知道的是,在冰架另一端的斯科特已经比他们慢了将近50公里。而且,最终英国人用了24天才走到79°29′补给站。

按阿蒙森的设想,每个纬度将设置一个补给站,而且补给站向南极点铺设得越远越好。于是,2月22日,由8人、7架雪橇和42条狗组成的第二次补给点铺设分队再次上路。3月3日,小分队到达南纬81°,并在此建立了第二个补给站。留下3名队员为补给站设置标识之后,阿蒙森等五人带着表现最好的狗继续前进,并于3月8日到达第三个补给站的预定位置——南纬82°。

至此,阿蒙森虽然希望继续前进,但雪橇狗多数已经疲态尽显,于是在补给站设好之后,他果断决定回家。3月22日,轻装的雪橇回到营地。

至此，三个补给点已经储存了接近两吨的物资，超过正常需要近2倍，但阿蒙森还是不满足于已经取得的进展，他决定在冬天来临前进行第三次补给站铺设之旅。于是，3月31日，由约翰森率领的7人再次运输了1100公斤的海豹肉到南纬80°补给点，以便让辛劳的雪橇狗在艰苦的工作之后能吃得更饱，吃得更好。

1911年4月21日，太阳落下，鲸湾陷入长达4个月的极夜季节，而对身处较低纬度的斯科特来说，极夜也将于两天后正式降临。

阶段小结

斯科特和阿蒙森都为未来的极地之旅做了许多准备工作，其中包括他们分别进行的物资补给点的铺设。但阿蒙森进行了三次补给点远征，并将最远的补给点推进到了南纬82°；斯科特只来得及进行了一次远征，而且最远的补给点仅仅铺设到南纬79°29′。

阿蒙森提前放置在各补给点物资的数量远超斯科特。加上鲸湾本身比罗斯岛离极点就近100公里，所以，在极点赛鸣枪之前，阿蒙森探险队已经赢在"起跑线"上了。

D21："日星隐曜，山岳潜形"

今天上午要拜访的是奥勒港（Orne Harbor）。

奥勒港位于南极半岛丹科海岸附近，是一个将近1.5公里宽的港湾。1898年，探险家杰拉许率领的比利时南极探险队（阿蒙森是该探险队的大副，详见N8）发现这里。1913年，苏格兰地质学家大卫·弗格森（David Ferguson）对该地区进行地质勘探后，使用奥勒——一位挪威捕鲸者的名字，命名了这一地区。

南极的天就像小孩子的脸——说变就变。昨天还在感慨"春和景

图21-1：日星隐曜，山岳潜形

图21-2：登陆奥勒港

明，波澜不兴"，今天就俨然有"日星隐曜，山岳潜形"之感。

视线里，天空泛着白光，迷迷蒙蒙；雪，白蒙蒙一片覆盖在山体上；而山，也是白蒙蒙一片倒映在海中央。同样是白色的大船安静地漂浮在山水间，若隐若现，感觉不久就将融入天地间。

看看天，雪虽然还没来，风却已经上路了。在被征求意见是否还按原计划登陆的时候，大家丝毫没被这即将到来的风雪所吓倒。缺少了风雪的南极，那还能算南极嘛！缺少了战风斗雪的经历，那还算来过南极嘛！

于是，我们义无反顾地出发了。

穿过风雪，冲锋舟将我们送到了位于奥勒港海湾底部一块突出的大岩石旁。下得船来，没有多少缓冲，就是山坡。

暴风雪几乎也和我们同时降临在奥勒港，除了冷，能见度也进一

205

图21-3: 路在何方

图21-4: 家在何方?

图21-5: 避风的企鹅

步下降。但奇怪的是,太阳似乎还能见到。只是阳光弥漫在风雪中,就像雪夜里车前的大灯,照得你可以看清身前的雪花,但看不清远处的景物。

我们只能向着眼前迷蒙的未知,发起了冲击。

漫天的风雪无疑增加了我们爬山的困难,但正好借着这迷蒙,我们可以切身感受一下百年前的南极英雄们初到这陌生白色大陆时的茫然,实地体验他们在这寒冷和未知中选择进入大陆腹地时的所想所为。要知道:"纸上得来终觉浅,绝知此事要躬行。"

雪越下越大,很快新雪就掩盖了原先雪地上的痕迹。我们也只好一步不敢耽误地跟着大部队前行,生怕一个走神,便找不到同伴的

图21-6：金图企鹅（左）和帽带企鹅（右）

踪影。

很快，"企鹅高速公路"也不见了踪影。这下可好，企鹅找不到回家的路了……

埋头攀爬许久，不觉已登上一道山脊。目力所及，却完全看不清前方的迷茫是大雪覆盖的山体，还只是白茫茫的天空（因为能见度太差，故而也没法拍登顶照）。

茫然间，发现身边裸岩的背风处，居然栖息着一群正在孵蛋的帽带企鹅（Chinstrap Penguin）。这种企鹅脖子上有一道黑色条纹，就像系着的帽带，故此得名。小巧的帽带企鹅们紧紧地趴在岩石旁，躲避着寒风；同时，把正在孵化的蛋护在身下，尽量避免热量的损失。

图21-7：一溜而下

这些帽带企鹅是南极真正的攀登者。为了生存和繁衍，为了比冰雪稍微暖和一些的裸岩，居然爬到了这么高！这段坡路我们只爬了一次，就呼哧带喘；而这些执着的攀登者，会一遍又一遍，不知疲倦地上下，上下。

带着有趣的心情，就总能发现有趣的事情。眼前的帽带企鹅群中出现了一只金图企鹅。很好奇，如果他俩抛弃门当户对的旧习而走到一起的话，他们的孩子应该长什么样呢？

能见度还是不见好。在继续变坏之前，我们匆匆拍下到此一游的照片，便转身下山。

俗话说，上山容易，下山……更容易！没人再顾忌什么队形，大家纷纷学着企鹅的样子，从雪坡上一溜而下。

虽未尽兴，但队长已鸣金收兵。

只好离去，回船暖暖和和地吃饭去了。此地空余一只孤零零的企鹅还在恋恋不舍地眺望着我们的背影……

图21-8: 恋恋不舍

冷知识

南极有狗吗？

在南极发现史上，雪橇狗曾发挥了重要的作用。但是随着机动雪橇等运输工具的普及，狗的作用大大降低，只被用来作为宠物，陪伴主人度过漫漫长夜。

为保护南极脆弱的生态环境，1991年，"国际南极条约组织"发布南极禁狗令："狗不宜再引进南极大陆和冰架，南极区域所有的狗都要在1994年4月前离开。"

所以，南极现在是全世界唯一没有狗的大陆。

N22：极点赛之"跑！"——阿蒙森篇

"啪！"——极点赛起跑的信号枪终于鸣响了。

抢跑

虽然阿蒙森对自己的队员和雪橇狗都信心十足，然而在听说了斯科特将要使用机动雪橇的消息之后，他还是开始忧心英国人会靠着这些黑科技战胜自己。因此，在1911年漫长的冬季里，阿蒙森貌似很平和，实则内心极度煎熬，连做梦都数次梦到斯科特在南极点，站在机动雪橇上冲他微笑。

终于，长达4个月的极夜过去了。阿蒙森决定在8月下旬太阳刚刚升起的时候就马上出发。队员们则担心，季节尚早而且天气还太冷。阿蒙森则坚持认为，既然不能期望雪橇狗可以跑赢小马达，那么，笨鸟必须先飞。

8月24日，当久别的太阳第一次从地平线上升起的时候，七架雪橇已经准备就绪。然而，队员们对气温的担忧变成了现实。零下58℃的极端低温毫不留情地阻止了阿蒙森的冲动。但两个星期之后（9月8日），当气温上升到零下27℃时，心急如焚的阿蒙森再也待不住了。

刚出发时，阿蒙森的"早起鸟小队"进展良好。但随着小分队进入南极腹地越深，气温也越发寒冷起来。队伍前进时，队员们还可以靠不停地运动来抵御严寒，但当他们停下来时，严寒则在与队友们的抗争中占了上风。一向以耐寒著称的北欧维京人们都冻得几乎整晚不能入眠。

天气似乎故意和阿蒙森作对。9月12日，气温又大幅下降至零下56℃。阿蒙森终于承认自己出发得的确太早了，遂决定停止这次行动，并返回"弗拉姆之家"。9月14日，小队在途经南纬80°补给点时，把大部分物资留在了这里。9月15日，小队再次遭遇强逆风，在严寒中几条雪橇狗被冻死。9月16日，挪威人经过一整天的奋力拼搏，足足行进了74公里，才最终回到了营地。

历时将近9天的第一次行动彻底宣告失败。

再次出发

尽管阿蒙森仍然无比渴望能尽早开始他的征程，气温却迟迟不尽如人意。直到10月中下旬，好天气才姗姗来迟。1911年10月19日，再也忍耐不住的阿蒙森率领其他4名队员，带着4架雪橇和52条狗开始了他们历史性的伟大旅程。

这次，挪威人前进得非常顺利。上个月的"抢跑"已经把绝大部分探险所需物资都搬运至南纬80°补给站。所以，极点分队得以轻装出发，狗拉雪橇的驭手甚至可以坐在空空的雪橇上，轻松地挥动手里的鞭子即可。

10月24日，极点分队只用了4天多，就到达距起点160公里的南纬80°补给站。在这里，人和狗都得到了充分的休息。雪橇狗更是得到了充足的食物，数量多到只要狗吃得下，海豹肉就敞开供应。

冷言冷语

此时，英国人才刚刚出发，但已经落后了将近260公里。

雪橇重新装满物资后，阿蒙森把他们每天行进的距离限定在28公里（15海里）左右，并颁布了每前进五天，必须休息一天的"苛刻"命令。尽管极点分队每天可以轻松跑出两个28公里的距离，但阿蒙森知道，前路漫漫，人和狗力量的可持续性更为重要。

于是，每天休息了16小时的人精力充沛，雪橇狗也体力旺盛，且几乎不用驱赶，就奔跑如飞。驭手也相当轻松，他甚至不用自己费力，只需抓住雪橇，就可以轻松"搭车"。因此，挪威人每每只需花费6~8个小时左右便可完成当天的赶路任务，其余的时间就又可以奢侈地用来休整。

冰架阶段

有一点必须说的是，阿蒙森的运气实在是太好了！在他选择"鲸湾路线"的时候，人人都说这是一条"前途不明"的未知道路，遇到不可测风险的概率极大。

然而从事后分析的角度来看，"鲸湾路线"有一半以上的路段都在易于通行且海拔较低的罗斯冰架上。松软积雪覆盖的冰架表面起伏不大，非常适合滑雪和狗拉雪橇通行。挪威人每天只走28公里的策略，也使得他们有足够的时间来修建各种有助于返程的基础设施。比如，他们坚持在每个纬度都设立补给点，并把回程时所需物资存放在用雪块堆成的简易小屋内，从而有效地逐步减轻了运输负荷，降低了人与狗的

图22-1：狗拉雪橇的驭手
图源：挪威国家图书馆

体力消耗。再比如，每次途中休息时（每行进五公里休息一次），他们便用由雪块砌成的雪墙，标识出行进的路线，以便在回程时不至于因偏离方向而迷途。

图22-2：在南纬85°补给点（1911年11月15日）
图源：挪威国家图书馆

聚沙成塔，集腋成裘。大量诸如此类的细小因素累积起来，使得阿蒙森极点分队获得成功的基础越发稳固。

穿越"横贯南极山脉"

在冰架上行进期间，尽管阿蒙森也多次遇到了暴风雪的困扰，发生了诸如受困冰裂缝区等影响速度的事情，但他们还是比较轻松地完成了每天的行进目标，并于11月17日抵达罗斯冰架的最南沿。

从这里开始，阿蒙森的极点分队将告别相对平坦的罗斯冰架，进入高耸的横贯南极山脉（Transantarctic Mountains）山区。

冷知识

横贯南极山脉

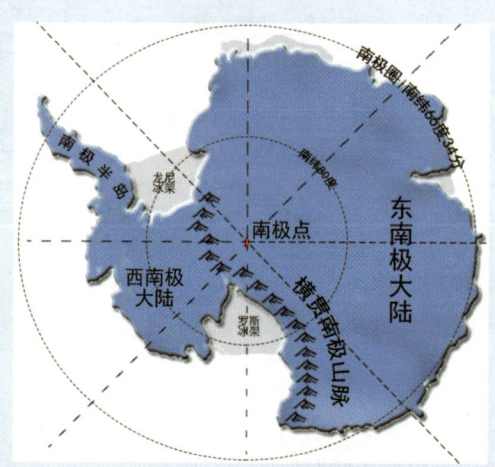

图22-3：横贯南极山脉位置示意图

横贯南极山脉是南极大陆的三条主要山脉之一。山脉平均海拔达4500米，从维多利亚地延伸到威德尔海，总长度3500公里，是地球上最长的山脉之一。该山脉将南极大陆分为东部南极大陆与西部南极大陆。

横贯南极山脉位于罗斯冰架和南极点中间，是除严寒之外，罗斯海路线上最难以克服的障碍。

面对横贯山脉的阻挡，阿蒙森不得不开始寻找翻越山脉的合适路线。在山脚下反复搜寻，并爬到约400多米高的小山进行观察确认后，挪威人挑选了一条从山脉上方冰原流向罗斯海的破碎冰川作为前进路线。阿蒙森觉得，沿着这条冰川，似乎可以穿过横贯山脉，登上极地高原。遂即,阿蒙森以一位赞助商的名字命名了这条56公里长的冰川——阿克塞尔·海伯格(Axel Heiberg)冰川。

冰川上的跋涉无疑是整个行程中最为困难的部分。向上拖曳前进的雪橇远比在平地雪面滑行时要沉重得多,而在破碎冰雪中绕行各种障碍又使得路程成倍增加……所有这些都实实在在地增加了挪威人穿越山脉的困难。

最终,挪威人带着一吨左右的物资,用了四天时间,人拉狗拽地攀爬了将近70公里,终于在11月21日那天,磨蹭到了海拔3200多米的冰川上方。

阿蒙森对雪橇狗的表现赞不绝口,并由衷地表示了对英国人认为"雪橇狗无法在这种环境中正常工作"想法的不屑。

极地高原阶段

挪威人在历经千辛万苦到达冰川顶部(南纬85°36′)时,已是人困狗乏。加上恶劣天气的原因,全队被迫在此地休整了三天。

离南极点还有440公里了。阿蒙森决定精简物资和装备。5名队员使用三架雪橇,装载60天的补给品,轻装投入了极点冲刺的最后阶段。

此时,极点小队还剩下45条雪橇狗(有7条狗在通过冰架时死亡或被放生),但很明显,下面的路段用不到这么多狗。而且,控制狗的数量也意味着减轻需要携带的狗粮重量。于是,阿蒙森毫不犹豫地决定留下18条最强壮,也是表现最好的雪橇狗继续前进;杀死剩下的狗,狗肉供队员和其他狗食用,以补充食物储备及预防坏血病(食用新鲜的肉食是当时已知的可以预防坏血病的有效手段)。

11月25日,挪威人在持续的大雾中小心翼翼地出发了。

12月4日,极点分队到达南纬87°。

12月8日,阿蒙森团队越过南纬88°23′,破了沙克尔顿当年的最南纪录。

阿蒙森已经胜利在望!

冷言冷语

> 此时的斯科特已落后400公里,而且还在比尔德莫尔冰川下挣扎。

冲刺

越是接近极点,挪威人越是表现得"八公山上,草木皆兵"。他们提心吊胆地向远方眺望,极力搜寻但又怕看到一顶帐篷、一面旗帜或其他人为的痕迹,从而彻底浇火与他们近在咫尺,成为"南极第一人"的憧憬。

12月12日,他们被地平线上突然出现的黑色物体吓了一大跳,但很快就被证明是他们自己狗的粪便,由于海市蜃楼的作用,被投影到了前方。

12月13日,挪威人在距离南极点一日行程(28公里)的南纬89°45′扎下了营地。

图22-4:阿蒙森探险队在南极
1911年12月14日,星期五,下午3点前后
图源:挪威国家图书馆

第二天，1911年12月14日，队员们起来得特别早，然后又各自装作没事人似的，像往常一样，熟练地驭狗驾橇出发了。

那天天特别好，阳光普照。没有风，气温也相对较高。极点分队忐忑不安地在极地高原上奔驰。中午过后，阿蒙森被队员们让到了队伍的最前方，作为领队带领大家继续前进。下午3点左右，负责观察方位的队友大叫一声"停！"。

人类前仆后继，为之奋斗了数百年的伟大目标——南极点到了！

四下望去，冰原上丝毫没有英国人曾经达到的痕迹。于是，队员们迅速升起了挪威国旗，并互相握手，相互恭贺对方成功踏上南极点！实现了人类历史的重大突破。

图22-5：探险队员们在反复测量自己的位置
图源：挪威国家图书馆

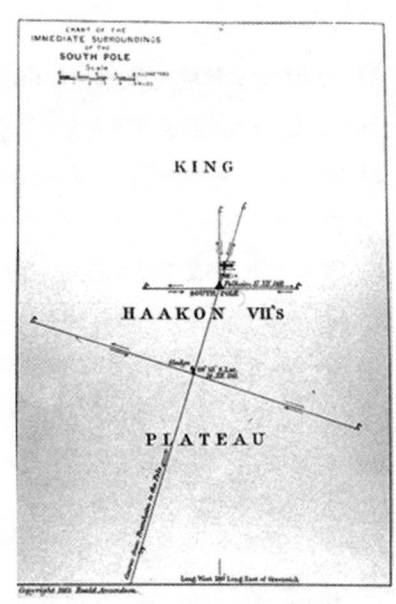

图22-6："包围"南极点
图中还明显地标志着哈康七世国王高原——阿蒙森命名的极点高原，但这个名字已不再使用。
图源：挪威国家图书馆

阿蒙森后来用自嘲式的口吻描述了他这一刻的心情："在理想和现实之间的距离方面，估计没有人能超过我了吧？从小时候起，我就为北极点着迷，为征服它我奋斗了一辈子。然而奋斗的最终结果却是我现在到了南极点！还有什么比这更疯狂的事吗？"

在极点

科克博士和皮里将军引发的关于他们到没到北极点的社会争议就像一座警钟，时刻提醒阿蒙森要把自己的极点纪录打造得让人无可挑剔。

因此，在接下来的三天里，挪威人花费了大量的时间和精力来确定和巩固自己的新纪录。

12月15日，挪威人到达极点的第二天，天气情况依然良好。从早上6点到晚上7点，阿蒙森等人每隔一小时便各自使用不同的仪器观察太阳的高度，并根据观察结果反复计算和核对自己所在的位置。

阿蒙森清楚，此时此刻，他很可能并没有站在准确的极点位置上。因为时间、观测手段和测量仪器都存在着不容忽视的误差。但他也知道，极点离他很近，最多不过数公里之遥。

为了不给后人留下"测量精度不够，导致探险队到达位置与真实极点相差若干公里"之类的话柄，阿蒙森派出三名队员，沿不同的方向，分别滑雪出去20公里。然后各自在雪地上竖起一根三米多高的小黑旗，旗杆上绑着装有写着营地方位字条的袋子，以证明自己来过这里。

加上探险队来的方向，南极点就这样被阿蒙森从四面"包围"了起来，从而将精确的极点位置无可置疑地收入挪威人囊中。

然而，阿蒙森当天观测和计算的最终结果是他们的帐篷似乎是在南纬89°54′30″。阿蒙森本可以满足于这样的结果了，因为在探险队"包围"南极点的行程中，队员们的行踪实际上已经覆盖了精确的南极点。但阿蒙森考虑到良好的天气，充足的食物储备，还是决定走完这最后的一段距离（约10公里），尽最大的可能，无限接近极点。

12月16日，队伍再次出发。中午11点左右，挪威人到达目的地。此后便又开始了每小时一次的观测和计算。

12月17日中午，持续了24小时的观测结果告诉队员，他们还是没有处于绝对的极点位置，但已经非常近了。为了尽可能离实际极点再近几英寸，队员们再次按刚测得的新方位，向四方走出了7公里（见图22-6）。

至此，挪威人在极点做完了他们能做的所有事情。当晚，阿蒙森在日记里写道："再见，亲爱的南极点。我想我们再也不会相见了。"

回家

12月18日，挪威人踏上了返程之路。

一顶备用帐篷被留在了极点。阿蒙森估计英国人很快也会到达这里，所以他在帐篷里给斯科特留了一张纸条，除恭贺他成功到达南极点外，还请斯科特代为转交给挪威国王哈康七世报捷的信件。因为，从极点回程的路途依然遥远，而阿蒙森极点分队如遇不测，斯科特将是唯一能带回这个消息的人。

阿蒙森并没有被胜利冲昏头脑，和来时一样，他还是冷静地再一次将极点分队每天的行程限制在28公里，以保持人和狗的体力。

1912年1月4日,挪威人在自己设置的路线标识指引下,到达了海伯格冰川上端。1月7日,英国人还未到达沙克尔顿的最南纪录,挪威人却已经顺利翻过横贯南极山脉,下降到了罗斯冰架南纬85°的补给点。此时极点小队手头的粮食和燃料足够支撑到回家那天,而前面路上还有好几个补给点。与英国人不断减少的食品每日配给数量形成鲜明对比的是,挪威人的每日食品数量却在不断增加。

再次踏上熟悉的罗斯冰架,回家的路已是一马平川,而且还是下坡。于是挪威人加快了自己的步伐。1月25日凌晨4时,阿蒙森极点分队在历时99天(比预定时间少了10天),行程将近3000公里之后,5名队员全部安全顺利地回到了此行的起点——"弗拉姆之家"营地。

阿蒙森极点冲刺之旅获得了圆满成功。

告诉全世界

赢得了极点赛跑的阿蒙森归心似箭,因为他知道只有率先把自己到达极点的消息告诉全世界,他才有可能获得最后的胜利。阿蒙森的撤营决定,获得了全体队员的一致赞同。于是,挪威人匆匆收拾行囊,打包回家。

1912年1月30日,"弗拉姆"号离开罗斯海鲸湾。经过五个星期的航行,3月7日,探险队回到澳大利亚的霍巴特。

阿蒙森很快打听清楚,斯科特

图22-7:安全返回的阿蒙森极点小队
图源:挪威国家图书馆

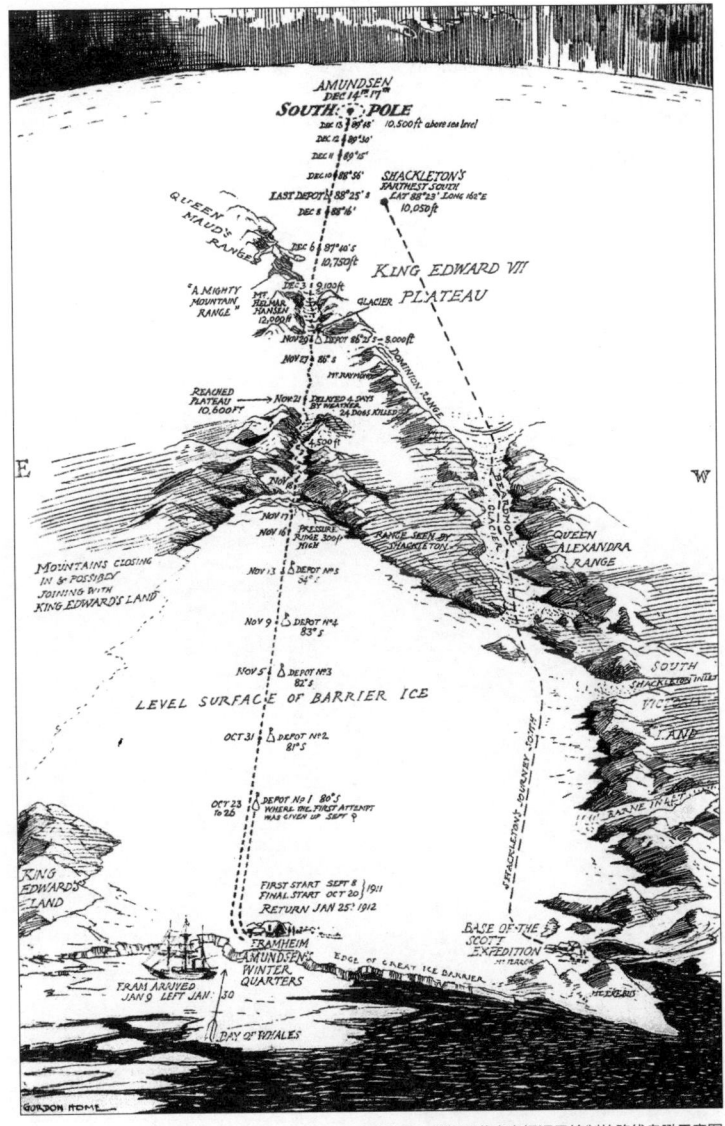

图22-8：根据阿蒙森电报记录绘制的路线鸟瞰示意图
阿蒙森路线（左）和沙克尔顿路线（右）
图中未标出斯科特路线的原因是，此图绘制时阿蒙森探险刚结束，尚没有斯科特探险队的准确消息。
图源：挪威国家图书馆

还没有传出到达极点的消息。于是，阿蒙森立即给他的兄弟莱昂、探险家南森和挪威国王哈康七世发了电报，简要地告诉他们他获得成功的消息，并正式通过媒体向全世界宣告：

南极点被征服啦！

冷知识

南极极点搬家

位于阿蒙森-斯科特科学考察站前的水晶球标志着的就是地理南极点。然而,这一位置是经常变化的。

众所周知,水晶球处于极点冰盖之上。由于自身重力、地球自转等诸多因素,冰盖始终处于活动中。也就是说,标志着南极点位置的水晶球会随着冰盖,(相对于地理南极点)永不停歇地移动着。

幸好极点冰盖移动的速度不算太快(每年塑性流动10米左右),并不像地磁极点漂移得那样迅猛(每年50公里左右)和不可捉摸。因此,每年圣诞节,科考站的科学家们都会重新测量一次地理极点在新的一年里的准确位置,并将地理极点标志重新搬到新测得的地理极点上。

图22-9:极点搬家喽!
图源:美国国家科学基金会阿蒙森-斯科特南极点科考站
(U.S. National Science Foundation Amundsen-Scott South Pole Station.)

D23：" 冰山·鲸之旅"

威廉姆娜湾（Wilhelmina Bay），是一个将近24公里宽的海湾，半抱在海湾三个侧面的是南极半岛高耸的雪峰以及来自南极大陆的宏伟冰川。1898年发现这里的比利时南极探险队用当时荷兰女王威廉姆娜的名字命名了这个海湾。

如今的威廉姆娜湾以冰川和常有鲸群出没而闻名，是这个时代的"小鲸湾"。

午饭后，稍事休息，我们便迫不及待地开始了我们的"冰山·鲸之旅"。

源自南大洋别林斯高晋海一带的西风带来了潮湿的空气，而南极大陆的严寒又迫使空气中的水分以雪的形式溅落。厚厚的积雪从高耸山峰陡峭的斜坡上滚落，聚集形成一条条冰川，而冰川又马不停蹄地向低洼处奔涌，直到把像小山一样的冰山推入大海。

图23-1：酷似船头的浮冰

冷知识

南极洲的冰川

长达不知多少万年的严寒和降雪,使南极大陆表面覆盖上了数千米厚的积雪,并彼此挤压,形成南极大陆冰盖。

大陆冰盖大体呈盾形,中部高,四周低。由于重力的作用,冰盖由大陆中部向边缘缓慢地移动,平均速度在1000米/年左右,从而形成了"世界最大的冰川"。

正是这些冰川执着地、无孔不入地"钻透"了横贯南极山脉,才形成海伯格、比尔德莫尔等冰川,从而为阿蒙森、斯科特指出了由沿海深入南极内陆的孔道。

多年的登山生涯,使我见识和攀爬过各种各样的冰川,也曾拜访过阿根廷冰川国家公园,及其标志性的莫雷诺大冰川。但这种直接深入海洋的冰川,还是头一次见。

看到这些冰川的第一感觉就是宏大。实在是因为南极不缺的

图23-2: 宏大的冰川

227

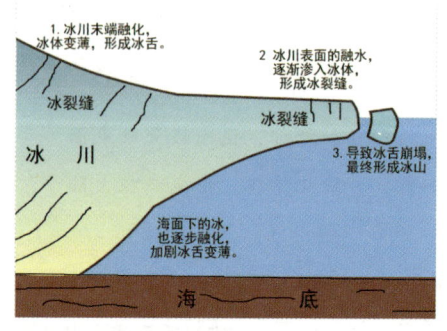

图23-3: 海洋冰川发展示意图

就是冰雪。在这种无限量的冰雪供应下,南极海洋冰川在体量上远远超出其他大陆冰川。

然而,眼前的这种"宏大"却已是冰川严重"瘦身"后的结果了。因为,当冰川推进到海洋的时候,"温暖"的海水加速了冰的融化,此时的冰川已经大幅度变"薄"了。冰川表面的融水则乘虚而入地渗入变薄的冰体,进一步削弱冰舌的强度,最终导致冰舌崩塌,形成冰山。

千姿百态的冰山,继而慢慢融化和消逝在大海中。

我们在海洋的冰塔林中游荡,从各个角度,近距离地观赏大自然的鬼斧神工。这些冰山或举止端庄,如对大宾;或玲珑剔透,堪比太湖石;或千奇百怪,直逼想象力的极限。

突然间,正在捕食的企鹅一阵骚动,纷纷跳上冰山。这些企鹅在干吗?小冰山明显不是它们的家呀。

原来是我们期待已久的不速之客来了。

团友们立刻就将刚才还连声赞叹的冰山抛在了脑后,紧紧抓住这难得的超近距离的观鲸机会。

来的是大翅鲸,因它有一对巨大的,几乎达体长三分之一的胸鳍而得名。

图23-4：千奇百怪的冰山

今天的大翅鲸表现得异常温顺，埋头进食，只在换气时，才把宽大而高耸的脊背浮出海面，也难怪有人叫它驼背鲸（Humpback Whale）。

大翅鲸是须鲸，以小鱼小虾为食，尤爱捕食南极磷虾。它进食时，嘴张得很大（上下颌间韧带结构可使嘴巴张开90度），不分青红皂白地把嘴巴附近的鱼虾全部吞进嘴里，接着把多余的海水通过鲸须排出，然后再把过滤出来的鱼虾吞咽掉。不在大翅鲸菜谱上的企鹅，如此紧张地躲避着这些庞然大物，恐怕多少也是防着被它误伤吧。

在我们印象中，大翅鲸应该会时不时地高高跃起并摔向海面，借巨大的冲击力，来摆脱附着在鲸鱼表皮上的藤壶。但如今的它们就像

图23-5：冰山来客

一座座沉稳的冰山,将大部分身体隐入水中,静静地漂在海面上随波飘荡。时而,从鼻孔里会喷出一股短粗而灼热的气体,和海水一起冲出海面,形成一股蔚为壮观的水扇。

图23-6: 不速之客

时而,又翻起巨大尾巴,下潜捕食。而旁边的浮冰,则像极了鲸鱼高高竖起的尾鳍。

图23-7: 超近距离观鲸

鲸鱼们来来往往,四处巡游,时不时地还会从海底突然浮出水面,出现在你的附近。没等你反应过来,就又翻身潜入水中,消失在你眼前。眼花缭乱间,我们已分不清"鲸在水中游,还是水在鲸中流"。

图23-8: 驼背鲸

太阳渐渐隐入层层云海,光线也慢慢暗淡下来,饱餐之后的大翅鲸们

图23-9: 换气

图23-10: 鱼尾鳍状浮冰

排着队离开了这里。企鹅和海鸟又活跃起来,争相抢夺鲸鱼们留下的残羹冷饭。

天逐渐暗了下来,但幽蓝的冰山和懒洋洋的鲸鱼,都长久地留在了我们记忆中。

N24：极点赛之"跑！"——斯科特篇

"啪！"——极点赛起跑的信号枪终于鸣响了。

出发

出发前，斯科特向全队宣布了他极点之行的详细计划。

第一阶段是跨过罗斯冰架。在这一阶段，探险分队的16名队员使用机动雪橇、矮种马和狗将探险分队和物资带到罗斯冰架南沿。此后，狗队及四名队员将空身返回，而矮种马则将被射杀以充作食物。

第二阶段是翻越比尔德莫尔冰川。剩余的12人将被分为三组，使用人力雪橇，沿崎岖的比尔德莫尔冰川，翻上横贯南极山脉。

第三阶段是穿越极地高原，直到极点。三组队员中，有两个组会依次在特定纬度被遣返，只有最后一个极点小组将到达终点。这个极点小组将由斯科特在行程中视大家的表现而决定。

1911年10月24日，斯科特探险分队陆续出发了。

这次行动，浮冰并没有再来添麻烦。因为10月底海洋冰面尚且坚固，探险队的两架机动雪橇、矮种马和狗队均顺利通过浮冰区，直接进入罗斯冰架。

冷言冷语

斯科特比阿蒙森出发晚了5天。此时,阿蒙森已经到达南纬80°补给点,所以英国人从出发时就已经落后了对手约260公里。

冰架阶段

罗斯冰架虽然相对平坦,但冰架上的行程并非一帆风顺。

最先出问题的是机动雪橇。在斯科特的计划里,这两架机动雪橇前期负责罗斯冰架上物资的运输任务。当探险分队返回时,则将直接搭乘已经完成物资运输使命的机动雪橇,轻松愉快地"吃着火锅唱着歌"返回埃文斯角基地。

但这两架被英国人寄予厚望的机动雪橇,不知是否是因为在南极度过了一个寒冷冬天,还是有什么别的原因,只行驶了大约80公里就

图24-1:机动雪橇抛锚
图源:英国剑桥斯科特极地博物馆

彻底趴窝了。

负责管理机动雪橇的四位队员只好改用人力雪橇的方式，努力了两周时间，才将350公斤左右的补给品，运输至240公里外的预定地点。

其余队员的进展也不够顺利。因为探险分队所采用的混合运输模式造成了一定程度的混乱。

狗、矮种马和人力雪橇这三种运输方式速度完全不同，马与马也有差异。故此，仅每天的出发过程就可以拖拖拉拉好长时间。扎营也是一项艰巨而繁琐的工作。狗没有汗腺，通过舌头散热，因此它们可以直接趴在雪上休息，它们还能够自己刨窝躲避风雪。但马不同，运动后大汗淋漓的矮种马身体表面短时间内就会冷凝出一层冰霜，奇冷无比。因此，辛苦了一整天后，冷饿交加、精疲力竭的队员们还不能马上休息，除给马喂吃喂喝外，还要替它们除去身上的冰霜，搭上保暖的毛毡，并修建雪墙帮它们遮风挡雪。

事情的进展没有想象的那么顺利，但我们依然对前途充满乐观，并相信好运必定降临！

——队员日记

尽管艰难，12月4日，队员们还是到达了"门口（Gateway）"——由沙克尔顿命名的比尔德莫尔冰川的入口，从而完成了探险分队的第一阶段目标。

就在英国人稍稍松了口气的时候，一场突如其来的暴风雪袭击了他们，迫使他们困陷在此地5天之久。探险分队的进度再一次被拖后。

相应地，为第一阶段行动准备的食品燃料也几乎耗费殆尽。斯科特无奈只好提前动用为下一阶段冰川之旅准备的物资。

12月11日，在修建完"冰川下部补给点"后，狗队及四名队员按计划返回。斯科特给即将离开的狗队下达了一道命令："明年3月1日左右，狗队向前移动到南纬82°与82°30′之间，接应从极点返回的队员，并协助他们回家。"（敬请读者记住这条命令！）

冷言冷语

此时的阿蒙森已经超越了沙克尔顿的最南纪录，并领先斯科特400公里。阿蒙森的胜势已不可阻挡。

穿越横贯南极山脉

斯科特探险分队开始翻越比尔德莫尔冰川。他们使用三架人力雪橇，行进在像波浪一样起伏的，且暗藏致命冰裂缝的冰川上。

探险队员平均每人拉着90公斤的物资向上攀登，他们"从未拖曳得如此辛苦，每一次耗尽全力的猛拉猛拽都让我觉得浑身的骨架都要散掉了"[①]。

经过这样一天天筋疲力尽的体力劳动的折磨，探险队所有人都处于随时会崩溃的边缘。斯科特在日记里写道："由于白天的过度劳作而引发骨肉的阵阵痉挛，有段时间我根本睡不着。"

[①] 摘自鲍尔斯日记。

就这样，探险分队剩下的12个人咬着后槽牙，拼尽老命地坚持了很久，才于12月20日，翻过了高达3000多米的比尔德莫尔冰川，抵达极地高原。

"狗拉雪橇的确残忍，但让人过度负重也同样残酷。"

——南森

图24-2：斯科特和人力雪橇
图源：英国剑桥斯科特极地博物馆

冲击极点

探险分队继续南下，此时路况和天气都大为好转，探险队员的身体状况也有所改善，他们的速度也明显加快了。

12月22日，在南纬85°20′，斯科特命令身体状况相对较差的四位队员转身回家。

1912年1月3日，英国人到达南纬87°32′。斯科特再次做出决定：五位队员，即斯科特、威尔逊、奥茨、鲍尔斯和埃文斯组成最终的极点小组，继续向南冲击极点，而其余三人则踏上返程。

这一计划之外的人数变动，使原本按四人冲击极点准备的物资出现了不足。斯科特只好减少队员的每日配给来弥补这一缺口。

1月9日，英国人越过了3年前同一天沙克尔顿创造的最南纪录（南纬88°23′）。

图24-4：威尔逊、斯科特、奥茨、鲍尔斯和埃文斯在南极点
图源：英国剑桥斯科特极地博物馆

图24-3：从南纬87°补给点出发
（从左到右）埃文斯、奥茨、威尔逊和斯科特（鲍尔斯摄）
图源：英国剑桥斯科特极地博物馆

1912年1月17日，历尽千辛万苦的斯科特等5人最终到达了南极点！

但他们在这里无比不情愿地发现阿蒙森已经先他们一步抵达极点——一顶帐篷、一张说明阿蒙森等人于1911年12月16日抵达这里的便条和一封托斯科特转交挪威国王哈康七世的信。

不管怎样，斯科特还是在南极点的位置上树立起英国国旗，极点小组全体在旗下合影留念。

具有讽刺意义的是，斯科特团队到达南极点最重要的作用居然**是：确凿无疑地证明了阿蒙森的确先行到达了南极点。**

回程

严格地讲，从1912年1月3日最后三位队员告别极点小组踏上返程后，斯科特等剩余5人的经历，全部来自事后发现的队员个人日记及合理想象。

1912年1月19日，英国人没有再在极点附近过多逗留，意兴阑珊地踏上了归途。

之后的三个星期，气温很低，但天气整体还好，加上一路下坡，因此队伍进展相对顺利。但此时，原本情绪就很低沉的队员们，在经过3个多月高强度折磨后，身体逐渐开始出现一些不适症状：奥茨脚趾因冻伤慢慢变黑，斯科特肩膀扭伤，威尔逊患了雪盲症，腿也有伤；而埃文斯手上的割伤一直不能愈合（疑似已经患上了坏血病）……

2月8日，极点小组开始沿比尔德莫尔冰川下降。冰川上基本就没有路，队员们需要边走边找路。加上地形破碎，极点小组的速度降低很多。同时，因食品严重不足而饿肚子的队员们精神开始懈怠，动作也开始变得迟缓，各种小耽误越来越多，队伍的整体进展严重拖沓。

埃文斯

这时，埃文斯的坏血病状况已经变得相当严重，他精神恍惚且反应迟缓，到了无法正常进行拖运工作的程度。斯科特只能让他穿着滑雪板，扶着雪橇，茫然地跟随着大家一起行进。

2月17日，极点小组接近冰川下部补给点。精神懵懂的埃文斯踩在滑雪板上的鞋不知因何脱落了。忙于寻找补给点补充食物的其他队员无暇等待他慢吞吞地修理鞋子，于是让他自己留下，在鞋弄好后尽快赶上大部队。然而，直到午饭过后，埃文斯还没有出现。大家返回去寻找，发现他神智不清地俯身趴在雪地里。

当晚，埃文斯在昏迷中离去。

奥茨

2月27日，斯科特等四人提前到达与狗队分手时约定的再次会合地段——南纬82°30′。队员们对与狗队的会合寄托了很大希望，因为遇到狗队，就能得到必要的补充和帮助，也基本意味着"安全了"。

然而令斯科特失望的是，狗队的踪影一直没有出现。原地等待是没有意义的，故此大家只能强打精神，继续前进。但奥茨左脚的冻伤却越来越严重，到了3月初，冻伤附近已经出现了坏疽。对狗队的期盼，支撑着奥茨拖着伤腿缓慢地前进。但是，为迁就奥茨，整个队伍的速度不可避免地慢了下来，队伍每天行进距离不足8公里（5英里）。

队伍的速度慢了，拖的时间就长了，物资不足的问题愈发凸显。极点小组回到罗斯冰架上物资补给点时，食物得到了一定程度的补充。但让事情变得糟糕的是，他们存放在补给点的燃料，装在油桶里的煤油，很大一部分都神秘地失踪了（后来人们才发现，油桶封口用的焊锡在低温下变性开裂，导致煤油挥发所致）。缺少燃料，取暖就成了问题。雪上加霜的是，南极大陆的冬天也越发近了，本来已经很低的气温还在毫不留情地大幅下降。

3月16日，白天气温已降到零下40度。望眼欲穿的狗队却还是没有踪影。饥寒交迫的斯科特还是大度地在留给友人的信中表示："没有人应该受到指责，我不希望有人试图暗示我们缺乏支持。也许只是我们自己错过了与狗队的交会点。"

此时的奥茨已经完全不再奢望"狗队会从天而降"。为了不再拖累大家的速度，让其余队员能在酷寒来临之前还能赶到下一个补给点，3月17日（也是奥茨32岁的生日）一大早，他从睡袋中探出头，挣扎着爬过三个同伴的身体，缓慢地爬出帐篷。临出帐篷前，奥茨说了声："我出去一下，可能要点时间。"

同伴们默默地看着，无人试图阻止。就这样，奥茨一点一点慢慢地融入雪原，再也没有回来。

探险队出发前奥茨就说过，"极地旅行中，没人应该成为同伴的负担。"他甚至主张带上一把手枪，"如果有人撑不下去，他有权使用它。"

斯科特等剩余三人

极点小组的行进速度显著提高，然而为时已晚。

奥茨离开后三天，3月20日斯科特等三人挣扎着抵达"一吨补给点"以南18公里处。极点小组随即被一场猛烈的暴风雪彻底困在了这里。虽然三名队员每天都试图出发，前往近在咫尺的"一吨补给点"，但帐篷外漫天飞舞、旋转飘荡的风雪断绝了他们最后的希望。

不知斯科特有没有想到那次和奥茨关于是否应该把"一吨补给点"设置得更南的争议。当时奥茨说："先生，我担心你将来会为此而懊悔。"

1912年3月29日，斯科特写下了最后一篇日记。这个日子便成为他们离开这个世界的假定日期。斯科特在日记最后写道："看在上帝的份上，请照顾好我们的家人。"

关于狗队

斯科特在日记里提及，他们在最后时刻面临的"三个最直接的致

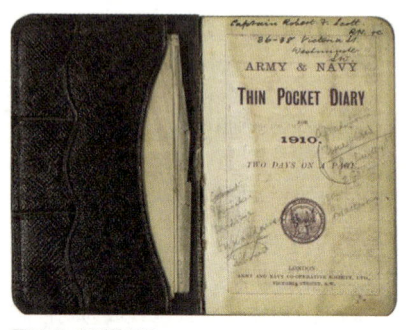

图24-5: 斯科特日记
图源: 英国国家图书馆（暴风雪在帐篷外持续地呼啸。雪落下, 再四散扬起, 积雪越来越厚, 一寸、两寸、一尺、两尺, 所有有人曾经来过的痕迹都慢慢地消失了……）

命问题分别是: 狗队没有按时出现、气温骤降和燃料短缺"。

燃料短缺自然是因为油罐封口的焊锡冻出了问题; 气温下降也好理解, 英国人的各种耽搁使他们的行程拖延到南极冬季的降临, 而缺乏燃料自然无法取暖, 更加剧了斯科特认为气温骤降的感觉。

那么, 狗队到底去哪儿了呢?

斯科特去世半年后, 搜救队从他遗物中发现了他的日记。日记中提到狗队的事, 才使这个问题浮出水面。然而关于这个问题的澄清, 却没那么简单。

首先, 探险队有9名队员, 包括直接负责执行这项命令的米雷斯（Meares, the dog driver）已经在1912年3月冬季来临之前, 先于大部队离开了南极。

其次, 1913年探险队回到英国后不久, 第一次世界大战随即爆发, 部分队员没等从探险的劳顿中得到彻底恢复, 便又转身投入了战争, 数名狗队事件的当事人在随后几年的战争中丧生或失联。

最后, 斯科特的事迹传回英国后, 普罗大众为探险队艰苦的历程和令人悲伤的结局而哀叹。而这出感人肺腑大剧的终章里, "小人阿蒙森卑鄙地窃取了胜利成果", 则使全剧气氛高度升华, 斯科特悲剧英雄的形象深深地印在了每个英国人的心里。在这种举国哀悼的氛围里,英雄们行为的细枝末节被大众所忽视。故此,狗队问题也长时间没有得到关注。

直到9年后(1922年),狗队事件才再次被提及。事件中重要的参与者——阿普斯利·彻里-加勒德(Apsley Cherry-Garrard)在参战归来后,写作并出版了关于这次探险最权威的书籍——《世界上最糟糕的旅行》①。在书里,彻里-加勒德对狗队事件给出了他的(单方面)说明。

彻里-加勒德确认了狗队命令的存在。12月10日前后,即将前往极点的斯科特曾对狗队负责人米雷斯明确下达了这条命令:

斯科特指示米雷斯,让他在2月的第一周,带着狗队从基地出发,在3月1日左右,于南纬82°和82°30′之间与返程的极点小组会合,并帮助他们返回基地。

彻里-加勒德随后又讲到,斯科特曾专门解释他之所以让狗队前来接应极点小组的原因:一来,帮助极点小组中计划当年离开南极的队员及时返回基地,赶上为避免海面封冻而不得不随时准备离开的船只;二来,将探险队到达南极点的消息尽早通知全世界。

故此,后来执行这道命令的人,从头到尾都只把它当作一条锦上添花式的、紧迫程度并不很高的普通指示来对待,而从来没有意识到这是一条关系到数条人命的、生死攸关的救难命令。

1911年12月22日,在比尔德莫尔冰川顶端,阿特金森(Edward L

---

① 英文书名:The Worst Journey in the World。

Atkinson)等四人按计划被遣返。在踏上回程之际,斯科特曾向他再一次重申了这项命令(因为阿特金森是斯科特不在时埃文斯角基地最资深的军官和实际上的头儿,他将会负责这些命令的落实),并要求阿特金森"在米雷斯不得不回家的情况下,亲自带领两支狗队来上述地点,并协助极点小组返回"。

然而,后续发生的一系列事件一而再,再而三地影响了斯科特命令的执行情况,并最终阴差阳错地与斯科特的本愿产生了导致严重后果的重大偏离。

1.负责执行命令的人是管理狗队的米雷斯。因为他父亲刚刚去世,所以他想要尽快回家去处理他父亲的遗产。由于米雷斯担心因执行"接应任务"而耽误了上船(回程的船因当季冰情的变化而随时会出发),所以回到基地后不久,他向探险队提出"辞职(resign)",不再承担狗队"接应任务"的执行,一心等待随船回家。

2.阿特金森从极点远征中返回到埃文斯角基地。鉴于米雷斯辞职这一情况,阿特金森只好决定自己和格罗夫(Dimitri Gerov)带领两组狗拉雪橇去执行这项任务。他们于1912年2月13日从埃文斯角出发,2月19日达到棚屋点,计划准时在3月初,与斯科特在南纬82°会合,并接应其返程。

3.但人算不如天算!一件意外的事情发生了,彻底打碎了阿特金森的如意算盘。

1月3日,埃文斯上尉[①]、克林和拉什利成为落选斯科特极点小组的最后三人。他们在南纬87°告别斯科特并踏上回程。不久,埃文斯上尉身体开始出现腿部关节疼痛难忍、便血等坏血病的迹象。2月11

[①] 与极点小组的那个埃文斯同名,特此使用"埃文斯上尉"以示区别。

日,埃文斯上尉的腿疼得再也走不动了。克林和拉什利便用雪橇拖着他继续前进了有160公里左右。到2月18日,三个人距离棚屋点只有4到5天的行程了,但不幸的是,这时他们携带的粮食却只够吃两天的了。

克林和拉什利商量决定,由克林带着三块饼干和最后一点巧克力独自前往50公里以外的棚屋点求救。克林连续走了18个小时,在几乎崩溃前才赶到目的地。

幸运的是,阿特金森带领的两组狗拉雪橇也刚刚赶到这里。

阿特金森别无选择,只能放弃前往与斯科特会合的行动,转而救助濒于死亡边缘的埃文斯上尉,并把他带回了埃文斯角基地。

后来,埃文斯上尉完全康复。克林和拉什利也因不顾自身安危,努力救助埃文斯上尉而被授予阿尔伯特奖章。

4.此时的阿特金森作为探险队唯一的医生,很明显已经无法抛下病重的埃文斯上尉不管了。分身乏术的阿特金森只好选择了彻里-加勒德替代自己执行狗队接应任务。

彻里-加勒德在他的书中,回忆了阿特金森给他下达的这条口头命令。在命令中,阿特金森并没有要求彻里-加勒德必须赶到南纬82°去迎接斯科特。一方面,时间已经严重拖延;而另一方面是因为阿特金森清楚地知道"一吨补给点"缺乏足够的狗粮,要求狗队继续向南前进是不切实际的。因此,阿特金森只是要求彻里-加勒德:

以最快速度赶往"一吨补给点"。如果斯科特没有在他之前到达的话,由他(彻里-加勒德)根据当时的具体情况,自行决定下一步该做的事。

5.2月26日,从未驾驭过狗拉雪橇的彻里-加勒德赶鸭子上架,与格罗夫一起,驾驭两组狗拉雪橇离开了棚屋点。3月4日他们抵达"一吨补给点",但斯科特不在那里。

彻里-加勒德清点了一遍（为斯科特等人预留的物资之外）自己的剩余物资，发现在扣除回程所需之后，剩余的补给只够他们使用8天。这意味着彻里-加勒德最多只能再向南前进4天，就必须返回。而"一吨补给点"的位置是南纬79°29′，距离与斯科特约好的汇合点南纬82°还有将近300公里。因此，彻里-加勒德已经肯定无法赶到会合地点了。

彻里-加勒德进一步为自己辩护道：当时白天气温已经降至零下38度，在大雪里认路非常困难。如果这时离开补给点继续前进，恐怕狗队会与斯科特的极点小组错肩而过。因此他决定在"一吨补给点"原地等待斯科特一行。

6.等待了将近一星期，彻里-加勒德也没见到斯科特的踪影。

这时彻里-加勒德自己的补给也降到了危险的边缘。于是，他乐观地判断（期望）斯科特可能错过了补给点，已经走到他前面去了。3月10日，彻里-加勒德决定转身回家。

彻里-加勒德的余生都在痛苦地懊悔他的这个决定，因为，能拯救斯科特们的最后一线希望就此破灭了，而命运已定的极点小组还在距此不到100公里的地方绝望地挣扎。

救援

彻里-加勒德回到营地，却没有见到他打心眼里期盼"已经赶到自己前面的"斯科特的身影。

这下阿特金森真急了。3月26日，阿特金森和基奥汉（Patrick Keohane）用一架人力雪橇带着够用18天的补给再次出发去接应极点小组，但这时南极的冬天已经降临，当他们3月30日到达角营（Corner Camp）的时候，气温已经降到了零下40度，阿特金森不得不停下了

图24-6：斯科特安息于此
图源：英国剑桥斯科特极地博物馆

脚步。阿特金森后来说道，"在我自己的头脑中，我确信他们已经死亡……让生者冒着天大的危险去搜寻死者，是不可想象的"。

探险队员们只好龟缩回埃文斯角营地，内心苦苦煎熬地度过了这个寒冷的冬天。

半年后，10月29日，气温刚刚转暖，阿特金森就率领搜救队伍出发，抱着最后一丝希望去搜寻极点小组的线索。

11月12日，搜救队在"一吨补给点"以南18公里处发现了斯科特等人栖身的帐篷和极点小组最后三人冻僵的遗体。在收集了遇难者日记和其他个人物品后，帐篷被原地放倒，并在其上堆筑了一个大雪堆，然后又插上了由滑雪板改造的十字架。

1913年2月10日，阿特金森回到新西兰，在那里他将斯科特及探险队的最终命运告知了全世界。

冷知识

南极点的时区

众所周知，人们大致按照经度划分了许多时区，各地采用本地所属时区规定的时间。

问：那么在所有经线汇集为一点的南极点采用什么时间呢？

答：新西兰时间！

问：为什么用新西兰时间（而不用北京时间）？

答：其实采用的是南极标准时，东十二区区时。因为东十二区是地球上新一天开始最早的地方，新西兰正好在那里而已。

D25："骗你没商量"

欺骗岛，又名幽灵岛，在南极洲的众多岛屿里赫赫有名，因为这个小岛在南极洲的开发史上占有重要的位置。

1820年1月，英国海军布兰斯菲尔德上尉在发现和确认南设得兰群岛的过程中（见N4），第一次发现了这个岛。但他并没过多关注这个其貌不扬的小岛，在标注位置之后，扬长而去。

图25-1：欺骗岛
图源：thescuttlefish.com

1820年11月15日，美国猎海豹船船长帕尔默为了南设得兰群岛的海豹资源,再次来到这里。偶然的机会,帕尔默发现小岛东南的海岸上似乎有个缺口。帕尔默好奇地驾船穿过这个狂风大作的狭窄入口,进入到小岛中央的海湾。于是,神秘小岛的全貌展现在帕尔默面前。

这是一座由海底火山猛烈喷发而形成的露出海面数百米的巨大火山口。其后,火山口较为单薄的一角则在周围海水的浸泡和压力下发生崩塌,海水灌入火山口形成火山口湖。这个海上有岛,岛里有湖的状似"C"形的小岛就此成形。

因为小岛外观极具欺骗性,绝大多数第一眼看到它的人都会以为这不过就是一个普通的"实心"小岛,而忽略了它别有洞天的岛内景象。故此,帕尔默将之命名为"欺骗岛"。

我们来到欺骗岛的那天,天阴沉沉的,能见度也不是很好,万物看上去都是一片浑浑噩噩的样子。

"伊沃夫"号小心翼翼地驶过这段被称为"海王的风箱(Neptune's Bellows)"的狭窄入口。"风箱"里没有风,气温也不低,但我们还是从这个极富动感的名字中感受到了,给命名者留下深刻印象的"狂风怒号,浊浪排空"的样子。

图25-2: 捕鲸者湾

图25-3：欺骗岛上的鲸鱼加工业
图源：国家地理中文网

进入火山口湖不远，右侧就是我们的目的地捕鲸者湾。远远看去，皑皑白雪下，居然有无数人类活动过的痕迹。

在这座岛的奥秘被发现之后，捕海豹业者很快就占据了欺骗岛，并把这里发展成了自己在南极地区的基地。虽然岛上没有大量的海豹种群，但它是一个完美的天然港口。在大部分时间里，这里的海面上没有致命的冰山和起伏不定的风浪，是一个理想的锚地。

大规模的过度捕猎使南设得兰群岛一带的海豹数量迅速下降。到1825年左右，这里的捕海豹业开始萎缩，欺骗岛也逐步被放弃。

其后的几十年间，英国等国的探险者对欺骗岛进行过多次地质及地磁方面的考察，但让欺骗岛再次繁荣的是开始于20世纪初的南极捕鲸业。远离大陆的捕鲸船在南极周边迫切需要一个基地，既能加工猎物，又能为船只提供躲避风浪的避风港。具备上述所有条件的欺骗岛很自然地就再次被他们选中。

捕鲸者们在欺骗岛相对平整的捕鲸者湾建立起鲸鱼加工厂，将肥厚的鲸鱼脂肪炼制成可以用来充当润滑油和制作蜡烛的油脂。在欺骗岛最兴盛的时期，每年夏季，有几百人居住在这里为捕鲸船提供各种服务。

1908年，英国政府宣布该岛归属英国。他们还在岛上建立了邮政服务，并任命了一名地方法官，以确保捕鲸公司向英国政府支付适当的捕鲸许可证费用。值得一提的是，南极洲首次成功的飞行，也是出现在这个岛上。

也就是说，在发现和开发南极大陆的前期，人类在南极半岛的绝大部分活动都与这个小小的岛屿有关。因此，欺骗岛的历史牢牢地占据了早期南极洲史的主要篇幅。

冲锋舟将我们送上了捕鲸者湾的海滩。

因为这里曾是火山口，故此，岩石都是黑漆漆的火成岩。沙滩上随处可见的捕鲸船残骸、倒塌的房屋和朽烂的木船等一幅幅破败的景象，也使得空气中到处弥漫着肃杀的味道。

图26-4：木制捕鲸船残骸

图25-5: 幽灵岛

欺骗岛别称"幽灵岛"。这个名字远比"欺骗岛"更贴切。

岛上窗破门失的房屋，任由寒风呼啸。旧时鲸鱼加工厂熬煮和存储鲸脂的巨大容器颓塌成一堆。废墟间，不知因何而亡的企鹅尸体和一只愉快地啄食尸体的海鸟无形中加重了这种令人喘不过气来的阴森感觉。

行走在工业遗迹之间，空荡荡，了无生气，加上背景中深黑色火山岩的映衬，俨然有身在庞贝古城的幻觉。而无数散落在沙滩各处的，已被风霜打磨的惨白的鲸鱼骸骨，则无助地诉说着这段凄惨的"鲸史"。

从1906年欺骗岛上出现第一个捕鲸公司基地到1931年岛上的商业捕鲸活动完全结束为止，在这25年间，（据不完全估计）捕鲸者们就用这些简陋的工具加工制作了近360万桶鲸油。

捕鲸者们撤走之后的十数年里，欺骗岛一直无人居住，淡出了大众的视野。二战初期，英国海军的一只小分队再次来到该岛，摧毁了岛上的油罐和尚存的房屋，以确保它不会被德国军队用作补给基地。

二战后，英国人在军事基地的基础上建立了常年科学考察站。不久，阿根廷、

图25-6：岛中有湖，湖中有岛
图源：volcanolive.com

智利也在这个岛上建起了自己的科考站。

小小的欺骗岛再次喧闹起来。

然而，欺骗岛的名字不是白叫的，这个有着"南极避风港"美誉的小岛再次欺骗了所有的人。

1967年12月4日，炽热的岩浆从岛中海湾北部的海底喷出，烟尘和水蒸气的混合物升腾到数百米的高空。两星期之后，火山喷发停歇。欺骗岛内海湾隆起了一个高出海面62米的新火山口。从而在原来海中有岛，岛中有湖的基础上，又嵌套出新的湖中岛。

这时候人们才想起，欺骗岛是南极洲仅有的两座活火山之一（另一座是罗斯岛上的"埃利伯斯"火山）。想想也是，在南极洲数千米厚大冰盖的压迫下，欲出无门的地下岩浆憋闷已极，好不容易找到这么一个可供宣泄的出口，喷发起来的规模可想而知。

当时，岛上英、阿、智三国的科学考察站都受到火山喷发的影响被迫关闭。之后，考虑到这个活火山潜在的风险，各国很长一段时间内没再考虑重建这些科考站。

几十年后，欺骗岛火山的活动趋于平缓。于是，2000年，西班牙和阿根廷两国又在岛上重新建立起了自己的夏季科考站。

图25-7：精力旺盛的队友

图25-8：翻上山脊

图25-9：捕鲸者湾全景

为什么南极大陆无地震？

全世界每年发生地震约500万次，其中有感地震近5万次。能造成灾难性破坏的7级以上的大地震，20世纪就发生了1200多次。

然而到目前为止，南极大陆却从未记录到什么地震。

科学家们经过长期研究认为，厚达数千米的冰层是南极大陆没有地震的主要原因。南极大陆冰雪覆盖面积有95%以上，冰层平均厚度为1880米，最厚处达4000米以上。由于冰层面积大、体量重，在垂直方向产生了强烈的压力，压制和减弱了地壳的形变，从而使中浅层地震无从发生，所以南极大陆是地球上名副其实的"安全岛"。

从鲸鱼加工厂出来，精力旺盛的队友选择了爬山。

一步步磨蹭着向前，向上。小心翼翼地翻上山脊。

登顶啦！眼前是捕鲸者湾的全景。

图25-10：逃回来了

　　身侧可以看到，火山口上似乎被巨人咬了一口，露出一段宽大的缺口，这就是海王之窗（Neptune's Window）。

　　这也是个有故事的地方，美国人为争夺南极大陆的发现权，编了个故事说，当年帕尔默就是从这个"窗口"，隐隐约约地看到了远处南极半岛的山脉，从而第一个发现了南极大陆（见本文N4）。

　　但我啥也没看见。

　　下得山来，活力四射的队友们又选择了去"夏"泳。

　　"傻小子"们听信了探险队长的话，"火山口的水不冷"，便欧啊乱喊着冲下了水。转瞬，刚刚湿身的勇士们便又逃回了岸上，跑得比下水的时候还快。看着身侧未下水队友的着装，你大概也能猜想到此时此刻勇士们的真实感受。

　　一只金图企鹅赶来看热闹。

　　一对小巧的帽带企鹅赶来看热闹。

　　就连高飞在上的信天翁也不放过这一热闹的场面。

N26：成与败，哀与荣

时光荏苒，那场动人心魄的比赛不觉已经过去百余年。长久以来，斯科特的悲剧英雄的形象深入人心，容不得丝毫玷污。

到了20世纪70年代后期，斯科特探险队的亲身参与者几乎全都离世之后，关于那场探险的细节却越来越多地被发掘出来。大众开始批评斯科特所谓的军队（威权）领导风格和他对人的判断力，并指责他的计划过于精密，缺少为突发情况而有意保留的应变时间，以至于一个环节出现意外，就会对整体计划产生深远的影响，并最终导致了包括斯科特本人在内的极点小组的全军覆没。

但在知道了结果之后，以上帝的视角谈"如果怎样，就能怎样"明显已是马后炮式的行为。就像彻里-加勒德曾说过的："在事情发生以前，我们和你一样聪明！"①

因此，我们只是在这里对比一下两支队伍在对待具体问题上采取的不同办法，而不涉及对两位伟大的、未知领域先行者的臧否。而对比的结果或将有益于我们在诸如登山等有一定风险的探险活动中，举一反三地处理类似问题。

宣传

斯科特很早便大张旗鼓地开始了关于南极探险的造势活动。他四处宣扬到达南极点的伟大意义和自己的宏伟计划，生怕天下人不知道他要

---

① 原文为We were as wise as anyone can be before the event. 也可译作——事后诸葛亮。

图26-1："特拉诺瓦"号出发
图源：英国剑桥斯科特极地博物馆

去哪里。道理很简单，因为探险活动的意义越大，宣传的声势越广，获取资助也就越容易。

奥茨（斯科特极点小组五人之一）在写给母亲的信里说："我们没完没了地拍照、欢庆、游行，简直傻透了。"

阿蒙森则完全相反。

他最初的计划是去北极点。阿蒙森已经获得的各项资助全都是基于他将去征服北极点，就连他抵押房产筹措资金的理由都是"要去北极点"！因此，阿蒙森有足够的理由担心他的资助商会因为他擅自改变活动目的地而取消支持。所以，阿蒙森一直低调地进行各种准备工作，只是在踏上南极大陆前的最后一刻才把他此次活动的真正目的地告诉自己的队友和全世界。

冷言冷语

斯科特忙于拉赞助而疏于内部管理和训练；阿蒙森虽有大把时间用于队员磨合、装备调整、衣物改造等细节事务，但队伍的经济情况始终处于拮据的状态。

教训：两者不可偏废，如有可能，最好有人分别负责内外两种事务。

考察队的目标

斯科特在对外宣传时一直强调,"到达南极点"不是探险队的唯一目的。进行多种多样的科学考察,丰富大众关于这个陌生大陆的认识,也是他们重要的目标之一。因此,他的队伍中有一支由气象学家、物理学家、地质学家、生物学家、动物学家等十数人组成的科学家团队。

然而,斯科特又无比清楚地知道,公众判断这次探险的成功与否,完全取决于他是否能成功

图26-2:斯科特探险队在科考
图源:英国剑桥斯科特极地博物馆

地到达南极点,但为了壮大活动的声势,他还是保留了这些锦上添花的科考项目。因此,探险队的精力和为数有限的资源都不免被占用。

不同于斯科特,阿蒙森探险队的目标非常专注——到达南极点。只有到达南极点,阿蒙森才能获得巨大的声誉,进而得到相应的报酬,以偿还他为探险所欠下的债务。所以,他所有的准备工作、人员投入和经费支出都是围绕这个唯一的目标在进行。

冷言冷语

教训:专注于单一目的尚不能保证成功的时候,建议还是量力而行吧。

团队组成

斯科特从数千名志愿者中选出65名队员（其中岸上队员34人）组成了"特拉诺瓦"号探险队。人多力量大，可以有人负责马，有人照料狗。但很明显，这么多人的管理是相当复杂的，队员之间出问题的可能性也急剧增加。

相比之下，挪威人的团队只有19人，其中岸上团队仅为9人，这里面还包括一位专职厨师。阿蒙森对队员的要求是少而精，一专多能。每个人必须是探险所需某一技能的专家，同时还具备在必要时承担其他工作的能力。比如，有队员是滑雪高手或驾狗专家的同时，还具备很好的木匠手艺。

冷言冷语

教训：有效的管理体系中，一个人最多管六到七人的理论看样子还是挺有道理的。

路线选择

斯科特和阿蒙森一样，都选择了从罗斯海一侧，通过罗斯冰架抵达南极点的路线。唯一的不同是，斯科特选择了罗斯海西侧的罗斯岛为出发点，而阿蒙森则选择罗斯海东侧的鲸湾为出发点（参见图20-1）。

斯科特对于罗斯岛营地已经非常熟悉，他的第一次南极探险就是从这里开始的，沙克尔顿探险的出发点也选在了这里。这个营地因为设置在罗斯岛陆地上，故此非常安全，完全没有被冰川流动摧毁的风险。更可贵的是，从罗斯岛到南极点的大部分路段（只差不到100公里）已经被沙克尔顿打通了。

阿蒙森的起点则选在了鲸湾，这里是海船能够到达的离南极点最近的地方，因此鲸湾营地比罗斯岛营地距离南极点要近100公里。但鲸湾路线最大的风险是：这是一条从未有人走过的路，当时的人们对这条路能否通往南极点，路上有何险阻等一无所知。

另外，就是对设在浮冰上的营地不够稳定的担心。现代地理知识已告诉我们，罗斯冰架其实就是一个巨大的流动着的冰川，因此冰架末端随时都有可能崩塌。即便如阿蒙森那样，将基地设在离海四公里的地方也不保险（是否还记得长300公里，宽40公里的最大冰山B15？可参见本文D15）。这也是当年沙克尔顿宁愿违约也不敢在鲸湾扎营的主要原因。

但阿蒙森经过认真研究后认为：鲸湾冰架流动极其缓慢，对只在此处停留一两年的临时营地影响有限（见N20）。加上阿蒙森实在不愿在路线一事上与斯科特扯皮，所以还是冒险把营地设在了鲸湾。

无形中，鲸湾的阿蒙森在出发效率上又一次取得了优势，原因是，罗斯岛基地有一个不容忽视的缺点，那就是需要通过浮冰区才能最终登上罗斯冰架。而这段海面浮冰的厚度捉摸不定，给斯科特将人员和物资转运到冰架上的过程增添了不少麻烦。直接设在冰架上的鲸湾营地则完全不存在这一问题。挪威人在营地设立当季进行的补给点铺设过程中，几乎是说走就走，前后总共出发了三次，从而大大弥补了与英国人相比人数上的劣势。

冷言冷语

教训：有优势就有劣势，祸福相依！

运输方式

这恐怕是斯科特南极探险中最为人诟病的一点了。

斯科特在第一次南极探险中，因为自己和队友缺乏驾驭狗拉雪橇的技能，致使狗拉雪橇在那次探险中远没有起到预期的作用。故而，斯科特在脑海深处确立了来自实践的"第一手经验"——只有"人拉雪橇"才是最可靠的运输方式。

随后，1907年—1908年"尼姆罗德"号探险中，沙克尔顿在冰架上的运输中，创造性地使用了矮种马拉雪橇，并取得了成功。但在攀登冰川及极地高原的运输中，沙克尔顿依旧选择了最靠谱的"人拉雪橇"。

斯科特决定借鉴沙克尔顿的经验，购买了一批矮种马作为第一阶段冰架上运输的主力，但他同时也接受了南森的建议，带了一些雪橇狗。最后，斯科特又受到当时黑科技的蛊惑，花了大笔的资金购买了三架机动雪橇。于是，斯科特的运输队伍里，同时出现了四种运输方式（含人拉雪橇）。

机动雪橇（在出发后不久就全部抛锚了）用油；矮种马的草料必须从大陆运过来，且无法与其他人畜共用；雪橇狗则要吃肉。

四者速度不同，管理起来也各具特色。尤其是矮种马，它虽然相对于雪橇狗更有力，也更吃苦耐劳，但它的体重也要比雪橇狗重得多，因此更容易陷入浮雪；同时它还易出汗。每天工作结束后，探险队员还要替它们除去身上的冰霜，修建雪墙帮它们遮风挡雪。

在整个行程最后的高原阶段，斯科特依旧采用了"可靠"的"人拉雪橇"进行运输。最终，虽然斯科特凭借"人拉雪橇"到达了南极点，但大量的体力消耗使队员疲病交加，再加上"人拉雪橇"迟缓的行进速度，使得斯科特等人没能在南极冬季来临前安全地返回营地。

图26-3：斯科特在罗斯冰架上的运输主要依靠的是矮种马
图源：英国剑桥斯科特极地博物馆

图26-4：辛苦的"人拉雪橇"
图源：英国剑桥斯科特极地博物馆

相比之下，阿蒙森却全程使用机动性极强的"狗拉雪橇"作为运输工具。选用狗有大量的好处：首先，狗没有汗腺，只能通过舌头散热，因此非常耐寒，特别适合在高纬度地区的劳作。在工作之余，雪橇狗还会自己刨窝躲避风雪，所以管理起来也非常简便。其次，在当时的南极地区可以轻易获取充足的海豹肉、企鹅肉作为狗粮，而无需长途运输。这些食物在极端情况下，甚至可以供人糊口。最后，随着队伍行程进度的增加，可以通过宰杀不再需要的雪橇狗补充食物和狗粮，从而减少运输量，并预防坏血病。

对常年活跃在北极地区的阿蒙森团队而言，滑雪、驾驭狗拉雪橇就是生活的日常，和吃饭喝水一样自然。故此，阿蒙森虽然吸取了包括斯科特和沙克尔顿在内的许多前人提出的南极探险经验，但对他们提出的狗队无法登上冰川的结论始终持怀疑态度。事实也证明了这一点，阿蒙森团队在45条雪橇狗的帮助下，成功地攀登上了冰川顶端，其间挪威人的体力消耗比英国人低了不止一星半点。而斯科特团队则对这一能极大提高极地活动效率的技能"敬而远之"。

运输工具效率上的巨大差异，使阿蒙森团队轻松快捷地到达极点并安全返回，也使斯科特一行逐步陷入食品和燃料短缺、体力透支、健康状况恶化、天气逐渐变冷等困境。

冷言冷语

教训：根据环境，选择适合的助力很重要！

对待雪橇狗的态度

两位探险家对待雪橇狗的态度都非常矛盾。

斯科特本来就不喜欢狗，在他上一次南极探险中用狗的失败教训加深了斯科特对狗的厌恶。即便他在此次探险活动中因探险界老前辈南森的建议而带上了雪橇狗，但他也只是安排专人负责狗的管理，而自己则对狗不理不睬。同时，斯科特作为一名具有"绅士风度"的英国军人,他又不得不表现出对这些"人类朋友"的喜爱,并表示出对逼迫狗拉雪橇,事后又杀而食之做法的于心不忍。(其实让马拉雪橇并杀马吃肉有什么本质区别吗?)故此,斯科特总是用各种理由反对用雪橇狗,但事实上又不得不用,甚至在他生命的最后一刻还在渴望着狗队来救自己的命。

图26-5:阿蒙森的队友们在"弗拉姆"号上与狗嬉戏
图源:挪威国家图书馆

阿蒙森则是另一个极端。平时他会把雪橇狗当成朋友和玩伴,把它们养得膘肥体壮。由于他了解每一条狗的习性,所以,到了需要用狗的时候,阿蒙森能更有效地驱使它们。然而,阿蒙森在需要的时候,又可以毫无心理负担地杀死这些动物。因为,挪威人认为极地探险中杀死已失去利用价值的狗,并把狗肉作为食品或喂给其他狗的做法是一种现实的生存方式,而跟"残忍"与否无关。

冷言冷语

教训:现实主义的胜利。

步行和滑雪

事实证明，在罗斯冰架和极点高原上长距离行走时，滑雪要比步行的效率高出很多。

英国人却并不擅长滑雪，甚至对滑雪有些莫名其妙的抵触，因此他们甚至没有专门培训这项技能，而是直接选择了步行（英国人也使用了滑雪板，但那更多是当踏雪板在用）。当然，也可能和他们在途中时刻需要拉雪橇相关。

斯科特在日记中曾抱怨，"我烦人的同胞对滑雪有太多的偏见，以至于他们从来没有做这方面的任何训练①"。

挪威人则是清一色的滑雪高手。阿蒙森的队员们在经过3个月长途跋涉回到营地后，体重都增加了的事实，也证明了挪威人比英国人要相对轻松很多。

冷言冷语

> 教训：工欲善其事，必先利其器。

路线及补给点标识

阿蒙森在从鲸湾营地开始的前300公里内，每12～13公里（8英里）便用标志旗标记路线。此外，他还使用为狗准备的鱼干和空的食物容器，每1.6公里（1英里）都做一个简易路标。从南纬82°起，阿蒙森每5公里便堆一个1.8米高的雪堆，并在雪堆里放置记录着距上一个雪

---

① 摘自斯科特日记，原文如下："Skis are the thing, and here are my tiresome fellow countrymen too prejudiced to have prepared themselves for the event"。

堆的距离和方向的纸条。除此之外，阿蒙森还要求队员在每个补给点的两侧都插上一排间隔800米（半英里）、总长为8公里（5英里）的标志旗，以确保返回队员不会错过这些补给点。

与行有余力的阿蒙森相比，斯科特的人在每天赶到营地后已经非常疲惫，只能抓紧时间休息，以期恢复体力，而殊少在标识回程路线上花费功夫。在阿蒙森设置了七个补给点的一段距离里，斯科特只铺设了两个补给点，并且每个补给点上只有一面标识旗。斯科特的路线上虽然也有一些雪墙，但那也只是探险队在途中休息或扎营时为保护矮种马而制作的。

图26-6：阿蒙森储物和标识方向的雪堆
图源：挪威国家图书馆

其结果就是，南极大陆纷繁的风雪轻易地抹去了两只探险队曾经经过的痕迹。但由于阿蒙森预先铺设的密集的路线标识，使他相对容易地快速确认了回程的方向。而斯科特却在日记中屡次提到他们在风雪中寻找路线和补给站时的辛苦，以及时间和体力的付出。相信假如有了更完善的路线标记，他们本来可以在相同的时间内走得更远,并在冬天来临之前,回到安全的区域。

冷言冷语

教训:魔鬼藏在细节中①。

食物和燃料

在斯科特的原计划里,将有12名队员参与罗斯冰架之后的极点冲刺。这些队员将均分为三组,每组四人,使用一架雪橇拉着物资装备攀登比尔德莫尔冰川。此后每10天左右,斯科特会打乱分组,让体力损耗最大的四人重新组成一组并踏上回程,只有最终留下的一个四人小组负担冲击南极点的任务。因此,斯科特极地分队的全部物资都是按四人组的规模打包的,为最终极点冲击小组预备的食物和燃料数量也只够四人使用。

然而出于未知的原因(也许是因为大家都很优秀,也许是因为想带更多的队员抵达极点,免得枉费他们数年的准备),斯科特在遣返最后一个辅助小组时,临时调整了计划,改为三人遣返,五人继续冲击极点。这一变化的直接后果就是,这五人只能节省使用四人份的物资,从而导致食物和燃料出现不足。

我们知道,斯科特探险队用来密封燃料罐的焊锡在低温下出了问题,造成罐中燃料泄露。因此,斯科特在返回到补给点,缓解了食品

---

① The devil is in the details.

不足的困境后，不得不继续与燃料短缺做斗争。

极点小组全程几乎都要拉雪橇，强体力劳动后，难免要大量出汗，而探险队为了减轻重量，配备的全都是脱水食品。因此，每天都需要大量融雪取水以补充日常所需。但由于燃料短缺，饮水也成了奢侈行为。

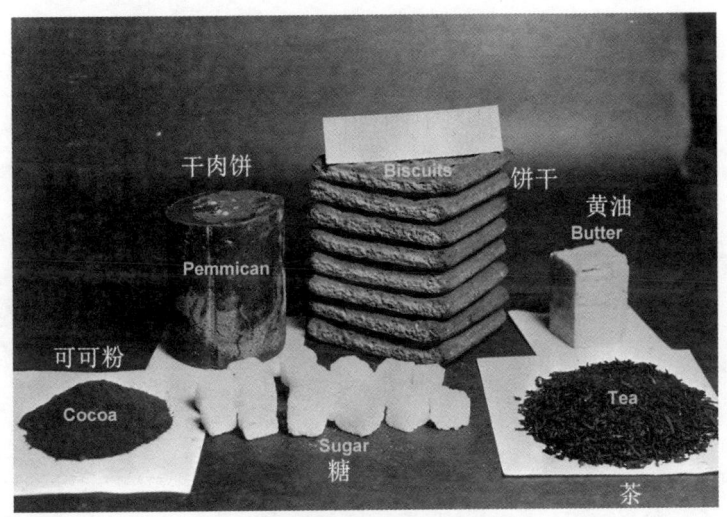

图26-7：斯科特探险队的标准口粮（一人一天份）
图源：英国剑桥斯科特极地博物馆

食物、饮水的短缺，严重地影响了极点小组成员的身体状况，再加上由于食品中缺少维生素C导致的坏血病，拖垮了队员们的精神，使他们从开始时的反应迟钝逐渐变得思想忧郁，直至最终精神崩溃。

相对而言，阿蒙森准备充分，使他从没经受物资短缺之苦。焊锡因低温变性的现象在当时已经被生活在高寒地区的人们所了解，身为职业探险家的阿蒙森对此也有所风闻（令人遗憾的是，斯科特仿佛对这个现象一无所知），故此，阿蒙森特地对他的燃料罐逐一采取了相应的加固措施。50年后，人们发现了一个阿蒙森当年遗弃的未开封油罐，打开后发现，里面的燃料依然满满当当。

同时，沿路杀狗使得挪威人一直不缺少饱含维生素C的鲜肉。既减轻了探险队人嚼狗喂方面的食品负担，也彻底避免了坏血病这一恶魔的侵扰。

冷言冷语

教训：做计划时，不能想的太过完美。应在时间、费用等关键因素上给计划的执行者留下适当的余地，以应对不可预知的风险。

衣物

斯科特探险队在南极大陆使用的防寒服是羊毛织物和防风服，这些衣物足够保暖但也不是特别厚，非常适合在人拉雪橇等大体力劳作过程中穿着。但缺点是，无法迅速蒸发的汗水会把衣物变得很潮湿，当体力劳作一旦停止，着装者会感觉特别冷。运输能力较低的斯科特团队缺少干燥的可替换衣物，因此他们经常抱怨寒冷。

阿蒙森选用的极地服装则是爱斯基摩人风格的动物皮毛服装，这种衣服非常暖和，但挪威人从来没有抱怨过"太热"，因为在他们的行程中，多以狗队的速度来滑雪，防风御寒的要求特别高。而皮毛服装正好适合这一运动，这点早已为爱斯基摩人所证明。阿蒙森队也从

图26-8：斯科特团队与阿蒙森团队的防寒服对比
左：斯科特团队服装，右：阿蒙森团队服装
图源：英国剑桥斯科特极地博物馆、挪威国家图书馆

来没有像斯科特队一样抱怨太冷。这是因为皮毛服装相对蓬松，衣服里的汗水可以通过动物皮毛内的孔洞蒸发出去，堪称自然界的"高泰克斯[①]"衣物。

冷言冷语

> 教训：Core-Tex面料的冲锋服，登山运动爱好者的最爱！

[①] 高泰克斯，即GORE-TEX。GORE-TEX面料是一种突破一般防水面料不能透气的缺点的面料，它同时具备防水、透气和防风等特点。

雪盲

在阿蒙森的整个探险过程中，没有任何雪盲病例的记录。原因很简单，阿蒙森队伍的防护措施比较到位。

挪威人行动较为高效，每天花费四分之一的时间他们就能完成一整天的任务里程，从而大大降低了在雪地高光环境中的暴露时间。同时，他们还可以合理安排自己的行止。比如在行进中时，他们在"白天"（太阳在他们前面时）休息，而在"夜晚"（太阳在他们身后时）赶路，以保护视力，尽量减少产生雪盲的可能。

当然，这其中护目镜等设备也是功不可没的。

相比之下，斯科特就没那么"潇洒"了。所以，斯科特的队员们经常罹患雪盲症，最严重的时候，一半以上的队员同时遭受这个疾病的影响。

图26-9：阿蒙森的人在屋里都带着雪镜，估计是在开化妆晚会
图源：挪威国家图书馆

冷言冷语

> **教训：墨镜不仅是用来装酷的！**
>
> （想起早年参加过的一些攀登雪山的活动。那时为了节省经费，登山队员们佩戴的都是从小商品市场批发来的，几元一副的劣质墨镜。一想到这些，笔者不禁打了个寒颤！）

小结

斯科特是英国军官的代表，是一位高高在上的行动组织者，是那种在最艰苦的地方也要铺白桌布、喝下午茶的英国绅士，但他们永远不会自己动手去做铺桌布这种与身份不符的琐事。阿蒙森则是真正的探险家，多年探险的经历养成了他目标专一，且事必躬亲的生活习惯。而这些习惯，正是他之所以能在南极大陆取得成功的关键！

我认为，决定探险成败的最主要因素是：在出发前，你是否已经对每一个可能遇到的困难有所准备，并采取了适当的预防措施来降低它的危险程度，或干脆躲开它。如果你这样做了，那么整个事情肯定从头到尾都井然有序，胜利也必定会属于你。这时候人们常常会羡慕道，"你的运气真好！"但如果你忽略了这些细节，没有采取必要的预防措施，那么你很可能会失败。这时候人们也往往感叹为，"你的运气太差！"[1]

——阿蒙森

---

[1] I may say that this is the greatest factor—the way in which the expedition is equipped—the way in which every difficulty is foreseen, and precautions taken for meeting or avoiding it. Victory awaits him who has everything in order—luck, people call it. Defeat is certain for him who has neglected to take the necessary precautions in time; this is called bad luck.

阿蒙森、斯科特探险的时间点比较

事件	阿蒙森	斯科特	注释
宣布计划	1910-09-09	1909-09-13	阿蒙森在北极点被征服之后,悄悄将自己的目标改为南极点。他一直保守这个秘密,直到探险队踏上向南的征程后,才告知全世界。
出发	1910-06-03	1910-06-16	阿蒙森的"弗拉姆"号在启程时宣称的目的地是北极;而斯科特的"特拉诺瓦"号的目的地则是南极。
到达南极洲	1911-01-14	1911-01-04	"特拉诺瓦"号陷入浮冰围困长达20天。
基地	鲸湾,南纬78°30′,距极点1285公里	罗斯岛,南纬77°38′,距极点1381公里	阿蒙森路线比斯科特路线短近100公里。
极点赛起始时间	1911-10-20	1911-11-01	阿蒙森比斯科特早11天。

到达南纬80°	1911-10-23	1911-11-18	距离南极点1117公里，阿蒙森领先26天。
到达南纬85°	1911-11-17	1911-12-21	距离南极点558公里，阿蒙森领先34天。
到达南纬88°23′	1911-12-07	1912-01-09	沙克尔顿到达的最南点，距离南极点181公里，阿蒙森领先33天。
到达南纬89°	1911-12-10	1912-01-13	距离南极点112公里，阿蒙森领先34天。
到达南纬89°46′	1911-12-13	1912-01-16	距离南极点25公里，斯科特发现了阿蒙森树立在南极点外围的标识，确知了阿蒙森比自己早到达南极点。
到达南极点	1911-12-14 15:00	1912-01-17 18:30	阿蒙森领先斯科特34天。
结局	1912-01-25，04:00，阿蒙森探险队安全回到鲸湾营地，共历时99天，且其间无人伤亡。	斯科特探险队5人在返回途中不幸遇难。1912-03-29是斯科特日记的最后时间，也是斯科特、威尔逊和鲍威尔大致的遇难日期，此时距他们出发，已过去了150天。	

D27：动物乐园——半月岛

时间过得飞快。登船来南极仿佛还是昨天，今天却已经迎来了在南极半岛的最后一次登陆——半月岛（Half Moon Island）。

半月岛位于利文斯顿岛（Livingston Island）东北侧的海湾里，距离利文斯顿岛仅有1公里。从利文斯顿岛看去，半月岛就像是一支遗落在山海之间的玉如意，两侧略高，中间连接部位则平缓异常。

图27-1：登陆半月岛

而从高处向下俯瞰，你又会发现这其实是座半月形的小岛。之所以呈现这种形状，是因为今天岛东北侧的门关特湾（Menguante）在数百万年前是一座海上火山露出海面的火山口，后来海水入侵，火山口的一个侧面发生了类似欺骗岛那样的火山口崩塌,从而形成了今天的半月形小岛。

我们在相对平坦的半月岛中段登陆。

一下船,就仿佛进入了一座开放式的野生极地动物世界。在这里,你是过客,动物们才是主人。客人们被要求与主人保持距离,举止小心地不要去打扰主人的安逸生活。当然,这也是为客人好,毕竟惹恼了主人的话,后果是不堪设想的。

岛上随处可见的,形状奇异、色彩斑斓的石堆、石柱似乎仍在诉说百万年前那段火山口历史的雄奇。

一起登岛的生物学家说,在半月岛上生长着在南极洲难得一见的植物,虽然只是一些苔藓,但在这个冰天雪地的环境里确属不易。然而可能是我们来的季节尚早,小岛大部还在冰雪的覆盖之下,苔藓却是看不到的。

这座旧时的火山如今已彻底熄灭,摇身一变,成了动物的天堂。除企鹅、海豹等动物

图27-2: 火山岩

外,这里还是国际鸟类组织确定的重要鸟类和生物多样性区域(IBA-Important Bird and Biodiversity Area),贼鸥、信天翁、海鸥及各种极地动物随处可见。

放眼望去,可以见到的最多的鸟类还是企鹅,尤其是帽带企鹅居多。帽带企鹅属于中小型的企鹅,与常见的金图企鹅比起来显得瘦小和灵巧,半月岛上几乎随处可见这些快乐的小精灵在不停地爬上爬下。

"这个黄毛又是怎么回事?自己个儿染的?今年的风尚?"

图27-3:帽带企鹅和马可罗尼企鹅

"什么呀,那是马可罗尼企鹅。估计是看上咱帽带家的姑娘,不愿回家了。"

图27-4：大肚子？

"亲爱的，你这是肿么啦？"
"你快要当爸爸了。"

除海鸟外，海豹、海狗等哺乳动物也混杂其间，据说，就连鲸鱼也时常出没在小岛周围。

估计是游客见得多了，岛上的海豹完全不怕人，或趴或躺认真地沐浴在阳光下，全都是一副懒洋洋且爱答不理的模样。

"又来一船人呀。"
"关我啥事？"

图27-5：关我啥事？

283

抛下懒散的海豹，继续探索这个风光秀丽的小岛。

半月岛不大，人没走热，就已经到达了小岛的尽头。举目四顾，视线所及全是一派令人心旷神怡的无敌山景。

因为小岛位于近在咫尺的利文斯顿岛、格林威治岛的怀抱当中，所以大岛上耸立的雪山，一览无余地展现在你眼前。同时，它又因为隔着海，与山保持着恰当的距离和无遮无拦的视界，便更像是一轴展现在你眼前的宽幅画卷，气势磅礴，360度全景清晰可见。

难怪这个小岛会被称为南极半岛最靓丽的风景地。

团友们或泛舟在这广阔的山海间，或在小山间嬉戏，或扬起手中的雪杖，来一局雪地高尔夫。

兴奋之余，感慨时间如白驹过隙，这已是此次南极半岛之行的最后一次登陆，便拍下这到此一游的照片，以示纪念。

图27-6：无敌山景

图27-7: 雪地高尔夫

图27-8：到此一游

N28:"最伟大的失败者"——沙克尔顿第三次南极探险

> 重视科学探索,我想请斯科特帮忙;讲求行进速度和效率,我想要阿蒙森出力协助;但当灾难降临,绝望无助时,我希望身边最好有沙克尔顿。
>
> ——南极探险家雷蒙德·普利斯特里爵士
> （Sir Raymond Priestley）

随着阿蒙森、斯科特两位勇士先后踏上南极点,为人类对自身未知区域的探索树立了一座丰碑的同时,整部辉煌的南极探险史也被推到了高潮。

按说高潮过后,南极英雄时代就应该徐徐降下帷幕,并逐渐淡出大众的视野,然而真正的猛人是不受这一寻常规律约束的!他的事迹即便是阿蒙森、斯科特的光芒也无法掩盖,这位猛人就是沙克尔顿。

"犹锥之在囊,其末立见。"说的就是他这样的人!

从某种程度上讲,阿蒙森征服南极点可以说是为了获取继续从事探险的资金;斯科特两度南极探险则多少是为英国,当然也是为他自己争得"征服南极点"这项殊荣。只有沙克尔顿,他的行为完全是出于对南极的真爱,对南极点毕生无悔的执着追求。

沙克尔顿的一生非常纯粹,纯粹到他似乎只为南极这一个目标活着!从年轻时代起,沙克尔顿就矢志踏上这片令他魂牵梦绕的土地,此后曾四度向这个人生目标发起冲击。令人遗憾的是,他虽然短暂地成为了"到达最南的人"(南纬88°23′,距南极点不到160公里),但终其一生,却始终没能实现自己的毕生夙愿——踏上南极点。

2002年英国BBC做了一个民意调查,让人们选出"二十世纪影响最大的100名英国人",结果沙克尔顿高居第11名,而我们的悲剧英雄斯科特却只能屈居第54位。

是什么原因使沙克尔顿的影响力超过了斯科特呢?让我们来看一下沙克尔顿的第三次南极探险吧。

Sea to Sea

在阿蒙森和斯科特成功征服南极点之后,与南极点失之交臂的沙克尔顿非但没有沮丧,反而信心大增。他确信,如果阿蒙森和斯科特能做到,他肯定也没问题。

但沙克尔顿也清楚地意识到,公众的关注点,也是南极最耀眼的那枚彩蛋——"率先征服南极点"已不复存在。思之再三,沙克尔顿决定为自己的南极之旅增加些看点(噱头)。换句话讲,就是增加难度,以期再次激发公众的兴趣:

穿越南极大陆,从海上到海上。①

沙克尔顿将计划中的探险队分为两个部分,"威德尔海"分队和"罗斯海"分队。

1. "威德尔海"分队乘坐"坚忍(Endurance)"号,从南极大陆大西洋一侧的威德尔海瓦塞尔湾登上南极大陆。在此之后,极点小分队将穿越一段从未有人光顾过的未知陆地后抵达南极点;

2. "罗斯海"分队则乘坐"极光(Aurora)"号,从南极大陆太

---

① 这句话原文为the Crossing of the South Polar Continent from Sea to Sea。

平洋一侧的罗斯岛登陆。分队将沿斯科特的极点路线一路向南，并沿途设立物资补给站，直到距极点500多公里的比尔德莫尔冰川脚下，然后原路返回；

3.已经到达南极点的极点小分队将沿斯科特的极点路线撤离，并使用"罗斯海"分队在沿途预先放置的物资，返回到罗斯岛，从而完成此次对南极大陆的穿越活动。

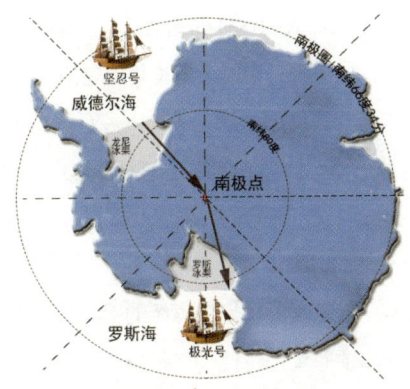

图28-1："穿越南极大陆，从海上到海上"行动示意图

在那个缺乏无线电等远程通讯手段的年代，这的确是个充满想象力的冒险计划！

筹备

计划一经确定，沙克尔顿就开始了他富有感染力和浪漫色彩的宣传。

沙克尔顿在报纸上发布了极具情怀的人员招募广告：

勇士招募：途艰险，酬微薄，或涉极寒，或历长夜，险不断且安茫然……然果能成功，则名必垂青史。①

---

① 原文如下：Men wanted: for hazardous journey, small wages, bitter cold, long months of complete darkness, constant danger. Safe return doubtful. Honour and recognition in case of success.

无数人为这样的煽情广告所触动，有兴趣有能力的人随即蜂拥而至，很快就有5000多人（其中包括3名女性）报名参加，其数量远超所需。经过挑选，沙克尔顿去芜存菁，为探险队的两支队伍，"威德尔海"分队和"罗斯海"分队各选了28名队员，这其中包括了多名有南极实地操作经验的探险者。

面对刚走到一起的队员们，沙克尔顿并没有像斯科特那样高高在上，以皇家海军等级森严的军队管理模式来管理他的队伍。相反，沙克尔顿一直是将他们当作自己志同道合的朋友来对待。他作为一名业已成名的南极英雄多为人所景仰，自然而然地就成为团队中当之无愧的核心人物。同时，沙克尔顿身为众人的老板，却没有架子，反而态度和善且能说会道，加上他凡事身先士卒，因此很快就和他的新队员打成一片，成为可以互相信赖的朋友。

这种信任，在当年缺少有效沟通手段，但又迫切需要双方彼此协作的穿越式探险中，是无论怎么强调都不为过的优秀的团队素质。承担穿越任务的队员要能毅然决然地向眼前的未知前进，将自己的一切乃至生命都完全寄托在接应队友的手上；而负责接应的队员则要克服一切困难，包括冒着生存的危险将物资运送到约定地点，因为他们承担着朋友们的期望和生命的重托。

这种信任在这次险象环生的、史诗般的探险之旅中处处体现出它非凡的价值。而在短时间内就能建立起这种彼此间的信任，则正是沙克尔顿卓越组织能力的充分体现。

出征

到1914年7月底，探险队已经准备就绪，随时可以出发。然而此时，第一次世界大战的乌云厚厚地笼罩在每一个英国人头上。沙克尔顿遂向英国海军部发送电报,表示愿意将业已准备好的人员、船舶和物资报效国家。沙克尔顿很快便收到了时任海军大臣的丘吉尔的回电。丘吉尔明确表示,希望沙克尔顿的远征能够继续下去。

7月28日,第一次世界大战爆发了。

8月8日,沙克尔顿率领"威德尔海"分队乘坐"坚忍"号正式出发。

南乔治亚岛是"坚忍"号探险队在赴南极前的最后一个停靠港,这里有一座挪威人的捕鲸站。挪威人得知沙克尔顿的计划之后,马上警告他说,今年威德尔海的冰情要比往年恶劣得多。

12月5日,沙克尔顿还是义无反顾地离开南乔治亚岛向威德尔海驶去。因为整个穿越计划已"箭在弦上,不得不发"。

两天后,"坚忍"号果然遭遇浮冰区。此后的数周内,"坚忍"号一直不停地在与浮冰做战。有时不得已要用人力破开阻挠船只行驶的冰层才能继续前进。越向南,离南极大陆越近,冰层就越厚,破冰的过程也就越发艰辛。但南极夏天的来临,致使气温逐渐升高,冰层逐步融化变薄,因此,"坚忍"号一路破冰斩雪,得以缓慢而坚定地前行。

1915年1月17日,经过一个多月的奋战,已经进入瓦塞尔湾的"坚忍"号距离预定登上冰架的地点只剩下一天的距离(80公里)

图28-2:"坚忍"号通过威德尔海薄冰海域
图源:英国剑桥斯科特极地博物馆

了。胜利在望!

此时,"坚忍"号却因浮冰的阻挠而彻底停了下来。船员们故技重施,试图破开船前的冰层,为"坚忍"号再次开辟出一条小路。

但这次的结果却并不尽如人意,船只始终无法摆脱周围浮冰的困扰。起初,船员们并不担心,因为他们乐观地认为,气温还在上升,冰层也很快就会破裂,船只马上就能脱困,目的地已近在眼前。然而事与愿违,冰层并未如预期那样自动消散。到了2月份,种种迹象表明,当年的气温已经不可能再回升了。"坚忍"号周围的浮冰越来越厚,船只彻底陷入冰层围困当中而无力自拔。

第一个冬季

显而易见,"坚忍"号在下一个夏季到来之前,已无法按计划到达预定登陆点了,整个穿越计划被迫暂停。"叫天天不应"的船员们也只得接受一个冰冷的事实——他们要在船上度过南极寒冷漫长的冬天了。

图28-4:冰上运动
图源:英国剑桥斯科特极地博物馆

图28-3:冬夜中的"坚忍"号
图源:英国剑桥斯科特极地博物馆

在此人心惶惶的危急时刻，身为"老板"的沙克尔顿展现出他沉着冷静的领导素质。他以自己九死一生的经历来鼓励全船人员保持信心，并积极推动船员们维持忙忙碌碌的状态而无暇他想。白天，组织大家在冰面上进行足球比赛，或训练随船的雪橇狗；晚上，则安排船员们在船上进行各种表演，唱歌和打牌是最司空见惯的活动。

就这样，船员们士气高昂地度过了漫长的冬季。全队没有一个人罹患漫长的黑夜极易诱发的抑郁症或其他精神错乱疾病。

弃船

1915年末的南极夏季如约到来，船周围的浮冰开始融化和断裂，将穿越计划继续执行下去的希望再度在队员们心中"萌发"。

然而，"失望"伴随着"希望"同时来临。"坚忍"号船身两侧浮冰不同的融化程度导致的巨大压力差又开始影响船只，并使之发生倾斜。

沙克尔顿想尽了各种办法，希望能够救下如今已是遍体鳞伤的"坚忍"号。但人力有时穷！10月24日，倾斜的船体再也无法抗拒冰层的压力，开始分裂。

10月27日，沙克尔顿下令弃船。在"坚忍"号被彻底解体并沉没之前，队员们将尽可能多的物资和三艘救生艇从船上抢救出来。

至此，穿越计划宣告彻底失

图28-5："坚忍"号彻底解体
图源：英国剑桥斯科特极地博物馆

败,沙克尔顿的当务之急转变为救人。他最初的想法是尽快把队员们从冰上转移到陆地上。此时的探险队员们已经随着浮冰,身不由己地漂出了瓦塞尔湾。于是他们先将装满食品的救生艇安装在雪橇上,再由船员们在冰面上拖行,去往西边300英里外最近的岛屿。但这个行动很快就失败了,远看光滑的冰面其实并不平坦,加上不时出现的冰裂缝,使得整个拖行工作进展极其缓慢,一天只能走出一英里。

沙克尔顿果断决定放弃这一行动。

图28-6: 在冰面上拖行船只
图源:英国剑桥斯科特极地博物馆

船员们随后选择了一块较为坚实的浮冰,他们利用从"坚忍"号上抢救下来的物资和木材,建立起新的根据地——"海洋营地"。

第二个冬季

沙克尔顿决定在此过冬,并等待来年浮冰融化,然后驾驶救生艇前往最近的陆地。

船员们只能听天由命,任由栖身的浮冰缓慢地随着洋流向北漂移。然而哪里会是终点?没人知道!人类再一次在大自然的伟力面前束手无策。

在这种"上天无路,入地无门"的困境中,沙克尔顿再次及时体现出沉着冷静的"南极老鸟"的大无畏态度,使得船员们在这段困苦无助的时间里有了依靠。也正是他不间断的鼓励和赞扬,才使得船员们在第二个漫长的冬天里,还能持续不断地努力工作以保持士气。

荒岛余生

时间到了1916年4月初,任由老天摆布的探险队员们在冰上的"海洋营地"中无助地坚守了五个多月后,沙克尔顿期盼已久的脱困时机终于来临。

4月8日,"海洋营地"所在的浮冰开始分裂。船员们迫不及待地登上救生艇,驶向最近的陆地——象岛(Elephant Island)。

4月12日,船员们克服了重重困难终于死里逃生般地抵达了象岛。此时,距离他们上次踏上陆地的日子,已经过去了497天。

怒海求援

象岛是南极半岛东北的一座岛屿,属南设得兰群岛外围岛屿。在这

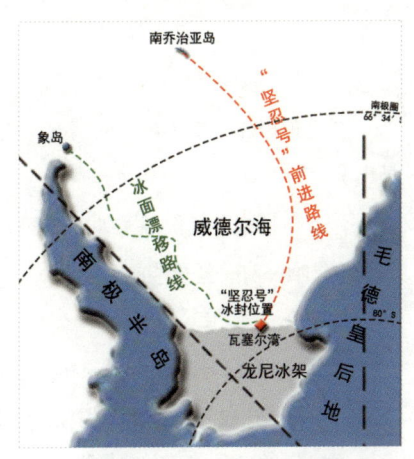

图28-7:"坚忍"号在威德尔海的行迹示意图

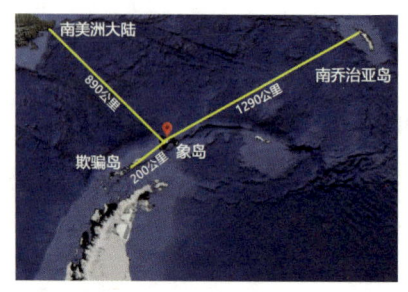

图28-8：象岛与人类世界的距离

里，这帮死里逃生的幸运儿们获得了暂时的安全。然而，很快他们就意识到这种安全是虚幻的，仅仅比身处冰海孤舟好一点而已。因为，象岛是地球上最偏远的岛屿之一。没有任何航道从这里经过。故此，他们连一丝被过往船只救助的希望都没有。

面对这一困境，要想活下去，就必须想办法前往最近的有人居住的地方求援。摆在沙克尔顿面前的有3条路：

欺骗岛。最近，大约只有200公里，岛上有捕鲸站，但要逆风航行，而这对于没有动力的救生艇来讲，几乎是不可能完成的任务；

南美洲大陆。890公里，但要横跨人称"暴风走廊"的德雷克海峡，这也是超越众人能力之外的事；

南乔治亚岛。顺风，且岛上有捕鲸站，有人，却远在1290公里之外。

"当你排除一切不可能的情况，剩下的，不管多难以置信，那都是事实。"

沙克尔顿毫不犹豫地采纳了第三个选项——最远的南乔治亚岛，因为这是唯一有一丝可能的方案。

1916年4月24日，沙克尔顿和其余5名船员将"凯德"号救生艇推下海，开始了这段艰难无比，但注定会载入史册的远征。

在随后的日子里，"凯德"号上的人们时而与汹涌的大海抗争，

时而和严酷的气温作战。没完没了的荡漾和颠簸，长时间的饥饿，不间断地被冰冷的海水泼溅和浸泡，以及晚上接近零下

图28-9：出发求援
图源：英国剑桥斯科特极地博物馆

30℃的低温都极大地削弱了船员们的体能和体质。但六位勇士的精神始终没有被击垮，勇士们的歌声一直在狂风巨浪里飘荡。

5月8日，在经历了两周地狱般的折磨后，"凯德"号在可恶而又可爱的强大的西风咆哮中，奇迹般地进入南乔治亚岛海域。

然而，他们的喜悦很快就因天气的迅速恶化而荡然无存。随着风力的加大，他们不得不避开遍布礁石的南乔治亚岛海岸，重新回到大海。他们再一次在暴风雨中奋战，汹涌的海浪像过山车一样把他们来回抛甩。两天里，南乔治亚岛就近在眼前，但又远在天边，始终无法靠近。

冷言冷语

想体验这种感觉的朋友们，建议去坐24小时过山车。

到5月10日早晨，这场沙克尔顿称之为"这辈子见过的最大的风

浪"终于减弱了。船员们再次幸运地熬过了没完没了的起伏和颠簸，在身心崩溃之前，登上了南乔治亚岛。

然而，严重虚弱的船员们需要去求援的捕鲸站还远在岛的另一边。沙克尔顿只好留下三位已经筋疲力尽的队友在原地等待救援，他和其余两人翻山越岭，在经过近37小时艰苦的连续行军之后，终于抵达捕鲸站。

这三位头发胡子一把抓，衣服肮脏而破旧（已经快两年没换了）的"野人"受到了捕鲸站热情的欢迎。他们原以为失去联系长达532天的"坚忍"号早已在航行中失事了，谁知他们猜中了开始，没猜中结尾。"坚忍"号的确已经葬身海底，但船员们都仍然健在。

绝处逢生

沙克尔顿离开后，留在象岛上的22人开始了漫长的等待。他们把剩下的两艘救生艇改造成了一间小屋，屋子中央放置了一只炉子，除被用作炊具外，还为整个屋子里提供热量。他们就在这样简陋的条件下等待着也许会来，也许永远都只能存在于期盼中的救援。

事后有人问及这些船员，是什么样的力量让他们在枯坐干等中支撑了那么久？其中一位船员回答说："我们坚信老板一定会成功，他有这个能力。如果万一失败了，我们也知道他尽力了，他不会丢下我们不管的。"

获救后尚未完全恢复的沙克尔顿迫不及待地想出发去营救留在象岛的岌岌可危的队员们，但时间已经接近南极的冬天，因风浪及浮冰，沙克尔顿努力了三次，但救援船都无法靠近象岛，营救均告失败。

8月30日,沙克尔顿获救3个月20天之后,他的第四次救援尝试终于成功了。沙克尔顿借来的智利救援船"耶尔乔"号靠近了象岛。留在岛上的人也早早注意到了"盼星星盼月亮"一样盼望的船的身影。他们一边欢呼,一边燃起篝火,试图引起船只的注意。

图28-10:看到了希望的象岛居民
图源:英国剑桥斯科特极地博物馆

激动的沙克尔顿再也按捺不住自己的心情,冲着岸上的人群大喊:

"你们都还好吗?"("Are you all well?")

岸上的队友兴奋地回答道:

"是的。我们都很好,老板。"("Yes, We are all well, Boss.")

沙克尔顿终于履行了他的诺言,救走了当初留在象岛上的所有船员。当满载全体队员的救援船回到智利蓬塔阿雷纳斯的时候,他们受到了居民们自发的热烈欢迎。

从1914年8月初自英国启航,到1916年8月30日救出所有队员,这场被永载史册的、绝地重生的真实故事共历时两年零一个月。

两年零一个月的艰难旅程,七百多个日日夜夜的磨难,没有一个人放弃,也没有一位队员被抛弃!

"极光"号的经历

成功营救了"坚忍"号的队员之后,沙克尔顿又马不停蹄地赶往新西兰。因为,在南极大陆的另一边,还有探险队的另外一半队员——"罗斯海"分队。

1915年1月,探险队的另一艘船只,"极光"号,抵达南极罗斯海,并成功在罗斯岛登陆。队员们随即按计划展开补给点的设置工作。

1915年5月,一场突如其来的风暴袭击了停泊在罗斯岛附近的"极光"号。船只从系泊处被刮走,很快又被随风而来的浮冰所围困。就这样被冰裹胁着漂流了1600多英里后,"极光"号才设法挣脱了出来,并就近前往新西兰进行维修。

空旷的南极大陆上,顿时就只剩下10名无助的队员。由于他们始终是将"极光"号作为自己在罗斯岛的住处,所以当船漂走的时候,他们的食物、装备和燃料都还在船上。尽管建设补给站的所需物资全都运上岸了,但是滞留下来的人们除了身上的衣服外一无所有。

这种情况下,"罗斯海"分队的10名队员依然不敢放弃自己的任务。因为在他们的认知里,如果没能将这些补给物资按时送达预定地点,沙克尔顿率领的极点小分队将因缺吃少喝,而无法从南极点安全返回。这也意味着,不管遇到多大困难,他们运输补给的任务都只能成功,不能失败。

不幸中的万幸,队员们发现了斯科特"特拉诺瓦"号探险队数年前遗留的物资,并借此艰苦度日。最终,队员们还是克服了内部意见分歧、极端的天气、疾病以及三名成员遇难等问题,成功地完成了既定任务。

1917年1月10号，沙克尔顿乘坐已经修复的"极光"号返回罗斯岛去营救滞留南极大陆的另一半队员。当船抵达罗斯岛营地的时候，幸存者们惊讶地发现他们的老板——沙克尔顿竟然也在船上，他们马上意识到自己所做的工作和付出的牺牲全都是徒劳的。

至此，沙克尔顿的第三次南极探险行动彻底失败。

"最伟大的失败者"

"坚忍"号南极探险是一次失败的探险活动，但沙克尔顿的诚信，以及他在危难之中保持队员士气、维系团队精神的领袖气质，和在生死攸关时刻，对队友们"不放弃不抛弃"，将生命的重要性置于世界纪录之上的伟大人格，都完美地铸就了人类与自然奋斗史上英勇和顽强的典范。

正是这次险象环生的、史诗般的探险之旅，为探险家们探索广袤南极大陆的英雄时代（1897年—1917年）画下了圆满的句号。

沙克尔顿，这位屡战屡败的倒霉蛋，也因为他在生死攸关的危急时刻所体现出的、卓越的领导气质而名扬世界，甚至连遥远的中国都流传着他的大名[1]。

---

[1] 国内出版社曾出版过一批阐述沙克尔顿管理体系的书籍，比如中信出版社出版的《沙克尔顿领导艺术》等。

坚忍的"坚忍号"

就像当年具有"小强"体质的沙克尔顿出人意料地出现在南乔治亚岛那样，近日，本已淡出人们记忆百余年的"坚忍号"，也出人意料地显现在世人面前。

图28-11：深海中的"坚忍号"遗骸
（图源：Twitter）

2022年3月5日，一艘南非破冰船，使用遥控操作潜水器，在位于威德尔海水下3008米深处，发现了107年前在沙克尔顿南极探险的过程中沉没的"坚忍号"沉船遗骸。

尽管这艘船已沉没百余年，但显然威德尔海冰冷的海水保护了它。在潜水器传回的视频中可以发现，"坚忍号"整艘船体保持得相当完整，"Endurance（坚忍号）"的船名也清晰可辨。

真的是"船如其名"，坚忍的"坚忍号"！

D29:"兴尽晚回舟"

美好的时光总是短暂的。感觉南极半岛之旅仿佛昨天刚刚开始,可明天就行将结束。

"伊沃夫"号趁着亮堂堂的夜晚,匆匆踏上回程。

一贯不停翻涌的德雷克海峡,也像是兴奋了一天后很快睡着了的调皮孩子,露出难得的平静。

船方趁此良辰美景,摆出了香槟酒来庆祝此行的圆满成功。

席间,探险队长煽情地回顾了这次短暂的相聚。他说,此次行动中,我们总共登陆了10次,分别是:乔治王岛、库佛维岛、天堂岛、

图29-1:兴尽晚回舟

图29-2：登陆

图29-3: 科学考察站

图29-4：大船游弋

图29-5：冲锋舟巡游

雷弗湾（露营）、昂韦尔岛、朱格拉点、丹莫点、奥勒港、欺骗岛捕鲸者湾和半月岛。

拜访了3个科考站：中国长城站、俄罗斯别林斯高晋站、英国站（洛克罗伊港）。

乘大船游弋了纽马水道、欺骗岛入口和合恩角。

坐冲锋舟巡游了库佛维岛、天堂湾和威廉姆娜湾三个海湾。

期间，船上负责企鹅保护的环境工作者利用每次登陆的机会，都不厌其烦地登高爬低，点数企鹅巢穴的数量。这是因为企鹅可能到处乱窜产生计数重复，或干脆潜水捕食去了而导致漏算，所以通行的方式是，统计企鹅巢穴的数量，以此判断企鹅群的真实规模，

图29-6：点数企鹅巢穴的环境工作者

然后再和历年的记录相比对，分析气候、人类活动对这些弱小动物的影响。

按他们的结论，我们这几天在登陆地点一共发现了17869个企鹅巢，也就是说，一共找到了17869*2只+1只（流浪的马可罗尼企鹅）=35739只企鹅！

此外，我们还见到了三种鲸：大翅鲸、长须鲸和小须鲸。两种海豹：豹海豹和威德尔海豹。还有多种海鸟，如漫游信天翁、灰头信天翁、皇家信天翁、南极燕、角海燕、灰背鸥、贼鸥、屑嘴鸥等。

晚宴最后举行了拍卖活动。拍品是绘有的此次航程的海图、探险队长签名的棒球帽等有纪念意义的物品。船方言明将把拍

图29-7：鲸、信天翁和海豹

图29-8: 南大洋常见鲸鱼

卖所得捐助南极生物保护方面的某个项目。

我看上了一张印有南大洋海域鲸鱼的画。大概因为是印刷品吧,只经过几轮并不算激烈的竞价,就被我轻松得手。到手后一细看,上面有个手写签名,也搞不清楚是船长的,还是探险队长的,反正不是鲸鱼的。

晚宴在类似"何日君再来"的音乐声中走向尾声。"同舟共济"了十数天的船友们纷纷和刚相识不久,又马上要天各一方的新朋友合影留念,互道珍重。

天边的晨光越来越亮,陆地也慢慢由小到大地、清晰地出现在视野里。我们回来了。

不久,船头方向闪现出一座红白相间的灯塔[①]。这是世界上所有灯塔中最南的一座,也是众多文艺青年心中的圣地。倔强地挺立在天地间的灯塔、四周高纬度地区迥然异常的环境和灯塔特殊的地理位置,三者恰合在一起,便使这一形象升华成为文艺青年们心中"诗和远方"具体而微的完美象征。

中国人对此灯塔应该也不陌生,王家卫的电影《春光乍泄》里就曾出现过这座遗世独立的灯塔。影片中,那位曾一直坚持"能走多远就走多远"的志在天涯的青年,在历经多年漂泊后最终来到这里。此

---

① 即位于比格尔海峡东口的格莱尔斯(les Eclaireurs)灯塔。

情此景下,青年的心境却悄然发生了些许变化:"突然之间,我很想回家。"

如今同景再现,我也隐隐领会到这句话中暗藏着的点点疲惫:"是呀,尽头到了。我只想回家。"

图29-9: 世界尽头灯塔
图源:电影《春光乍泄》截图

N30：余波荡漾

从1897年杰拉许领导的比利时"贝尔吉卡"号南极探险活动开始，到1917年，沙克尔顿"坚忍"号穿越南极大陆行动中"罗斯海"分队的幸存者在新西兰上岸为止，这短短的20年被人们称为"南极的英雄时代"。

在此期间，共有10个国家对南极大陆进行了17次探险和考察，其主要目的就是对南极点，以及这块当时尚属陌生的大陆进行地理发现方面的探索。

图30-1：南极英雄
斯科特极点小组成员：（左起）威尔逊、斯科特、埃文斯、奥茨和鲍尔斯
图源：英国剑桥斯科特极地博物馆

在"南极英雄时代"，运输工具和通信技术还尚处在黎明前的黑暗，以致每次在南极地区进行的探险活动，都是对参与人员身体和精神的双重极限考验。这也意味着这个时期的南极探险都势必成为人类凭借自身实力挑战残酷大自然的伟大壮举。

探险家们明知艰险，仍然怀着大无畏的乐观主义精神，前仆后继、视死如归地投身于这项重大的地理大发现事业中，为揭开人类在地球上"最后盲点的真面目"做出了不可磨灭的贡献。这正是我们尊称其为"英雄"的主要原因。

在这持续20年的"英雄时代"里，各探险队共有19名英雄永远地留在了那片白色的世界。本文的主人公，"悲剧英雄"斯科特，就是这19人之一。

相比之下，另两位主人公沙克尔顿和阿蒙森则幸运得多。但"瓦罐不离井上破，将军难免阵前亡"。若干年后，这两位探险家最终还是倒在了自己毕生所热爱的探险事业途中。

"最伟大的失败者"——沙克尔顿的最后一次失败

1921年，不甘心失败的沙克尔顿又一次卷土重来，屡败屡战的他再次组织了一支新的南极探险队，以期此次有所突破。"坚忍"号探险活动中的许多队员义无反顾地再一次加入进来——尽管他们上次的报酬还被拖欠着。

俗话说："只有起错的名字，没有叫错的外号。"1922年1月4日，就在探险队到达南乔治亚岛的第二天，沙克尔顿突发心脏病，意外去世。至此，"最伟大的失败者"沙克尔顿再次失败，终其一生，也没能实现他的夙愿——踏上南极点。

按沙克尔顿夫人的意愿，探险队员们把沙克尔顿就地安葬在南乔治亚岛。

图30-2：沙克尔顿的葬礼
图源：英国剑桥斯科特极地博物馆

探险队的随队医生在日记里写道："我想，老板自己也愿意被葬在这儿，这是一座远离文明世界的、被喜怒无常的大海所环绕的岛屿，毗邻他那次最伟大的探险杰作[①]。"

"最后的维京人"——阿蒙森

当"弗拉姆"号回到挪威之后，阿蒙森和他的南极探险队受到举国上下的隆重欢迎。阿蒙森关于征服南极点的著作《南极》也迅速得以出版问世。第一个到达南极点的伟大壮举，为他和他独立不久的弱小祖国赢得了巨大的荣誉。

不过，阿蒙森并没有陶醉在荣誉的欢呼声中，回国后不久，他又开始计划新的探险。这次，阿蒙森把视线投向了北冰洋的"东北航道（Northeast Passage）"。毕竟，贯通"西北航道"是阿蒙森的成名之

[①] 指"坚忍"号探险活动。

举(详见N14),所以,对阿蒙森来说,"东北航道"具有极大的诱惑力。

1918年6月,阿蒙森驾驶"莫德"号离开挪威,前往北冰洋,目标是打通从欧洲经俄罗斯北部北冰洋沿岸前往亚洲的"东北航线"。

"东北航道"虽然不像"西北航道"那样仿佛是走在令人眼花缭乱的迷宫里,但开阔的洋面也更方便狂风将北极的严寒带到这片区域。因此,"东北航道"海面冰情非常恶劣。"莫德"号走走停停,最后花了2年时间,于1920年6月,方才绕过亚洲大陆最东端,进入白令海峡。于是,"东北航道"也被阿蒙森走通了。

"西北航道"和"东北航道"加起来,相当于阿蒙森沿着北冰洋岸边做了一次不寻常的环球旅行。

成功归来之后的阿蒙森又迷上了飞机。他敏感地预见到这一伟大创举将改变人类南北极探险的历史:"南极洲的那次旷日持久的雪橇旅行,在我的脑海里记忆犹新……以前要费尽九牛二虎之力才能走完的距离,飞机大概只要一小时就飞到了。"

于是,精力充沛的阿蒙森又立刻开始孜孜不倦地学习飞机驾驶技术,并很快考取了民航飞行员的资格,成为挪威最早拿到民航机飞行员驾照的人。

阿蒙森遂即提出了乘飞机飞跃北极的计划,并得到了一位美国富翁的全力支持。

1925年5月,两架既能在海里,也能在冰面上起降的水上飞机从挪威斯匹次卑尔根群岛[①]起飞,直奔北极点。

[①] 斯匹次卑尔根群岛,即如今的斯瓦尔巴群岛,中国北极黄河科学考察站就在岛上。

图30-3：迫降在冰面的水上飞机
图源：挪威国家图书馆

图30-4："挪威"号飞艇
图源：挪威国家图书馆

开始时，飞行一切顺利，但九小时后，一架飞机的引擎出现了故障，所以，两架飞机迫降在位于北纬88°的浮冰上。探险队花了整整18天，才在浮冰上清理出一条简易跑道，并成功地使其中一架飞机重新起飞，返回到斯匹次卑尔根群岛。

阿蒙森不甘心失败，第二年又乘坐"挪威"号飞艇再次向北极点进发。

1926年5月12日，飞艇到达北极点上空，展现在阿蒙森眼前的是他多年来魂牵梦萦的北极！阿蒙森兴奋地从飞艇上扔下一面挪威国旗，他征服北极的多年夙愿终于实现了。

为了这一刻，阿蒙森从少年时代就开始不懈地追求，一直奋斗到今天。

冷知识

再次提问：谁先到达北极极点？

1926年5月9日，阿蒙森的"挪威"号到达北极点前3天，美国人伯德抢在阿蒙森之前成功首飞北极点（1929年他还成了第一个飞过南极点的人）。

后来，伯德的日记曝光。在日记里，伯德描述了他曾经进入"地心世界"的经历（长时间里，人们都相信在未知的南北极区域，存在着地心世界的出入口）。然而，现代地理学证明并不存在什么"地心世界"。于是，大家对伯德的信任度大为下降，连带其极点飞行纪录也开始被人怀疑。

如果科克博士、皮里将军的北极点纪录全都不能被认可的话（见N18），再加上伯德的北极点纪录也被质疑，那就意味着阿蒙森包揽了"南极点"和"北极点"两块"首金"！

天哪，这恐怕是世界上最伟大的成就了吧。

1928年，功成名就的阿蒙森已经56岁了。在这个年龄，身体状况通常已不适合从事探险活动了。因此，阿蒙森也没有再筹划新的探险活动。他打算安安静静地坐下来，整理一下多年探险的经验和积累下来的资料，并就此安度晚年。

但伟大探险家的归宿绝对不会如此平凡。

此时，一个坏消息传来。"挪威"号飞艇的姊妹飞艇"意大利"号在进行第二次北极飞行时，中途失联。阿蒙森二话不说，马上自愿参加搜救队，驾驶飞机再次飞向北极。

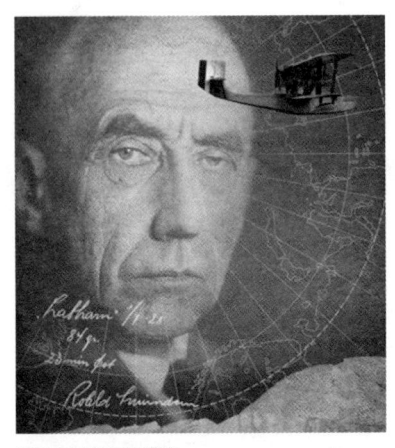

图30-5：消逝的阿蒙森
图源：《Amundsens Siste Reise》（挪威语：阿蒙森最后的旅程）

不幸的是，救人的飞机很快与地面失去了联系。这一回，阿蒙森曾经无数次逆境脱险的奇迹没有再次发生。阿蒙森与他的飞行伙伴们再也没有回来。

几个月后，人们发现了漂浮在海上的油箱等飞机残骸，然而机组成员的遗体却从未被找到。由此，挪威民间开始流传阿蒙森并没死，只是隐姓埋名地开始了新的生活。

在阿蒙森参与搜救之前，一位意大利记者正好采访了阿蒙森。在描述曾经的极地生活时，阿蒙森说："啊，你不知道那儿有多美！我就想死在那样的地方。我希望死亡能在我进行一项高尚使命时，迅速地，毫无痛苦地来临。"

至此，本文的三位主人公斯科特、沙克尔顿和阿蒙森，全都不出意外地获得了"求仁得仁"的圆满结局。

余波荡漾

沙克尔顿和阿蒙森的去世标志着"南极英雄时代"的彻底结束。之后，南极又迎来了各种各样的"第一"。

1928年，人类在南极洲上空进行了第一次空中飞行。

1929年，美国探险家伯德第一次在一天内完成了从南极洲沿岸到南极点的往返飞行，飞行距离达2500公里。

1935年，澳大利亚探险家威尔金斯和美国人艾尔斯沃思第一次从南极大陆一侧海岸飞越整个大陆直达另一侧海岸（3700公里）。

1939年，伯德领导的一支考察队第一次通过空中飞行对35万平方公里的南极洲陆地进行了测绘。

1957年，富克斯等人第一次成功地经陆路穿越了南极大陆。

……

之后，一个新的时代开始了。飞机、履带动力车在南极活动中逐渐普及，南极的工作、生活条件都得以大大改善。现已有10多个国家建立了60多个常年科学考察站，每年参加南极越冬科考的科技人员有好几百人。

每当南极夏季来临的时候（11月至次年3月间），数以万计的旅游者乘船或飞机来体验这片白色大地的神秘。

这些使用现代化交通工具，并手握GPS和卫星电话的现代旅行者，偶尔也会想起当年那些赤手空拳的南极英雄……

"……当他活着，大自然生怕被他征服；当他离开，大自然又宁愿随他一同逝去。"[1]

—全文完—

---

[1] 出自罗马万神庙拉斐尔石棺铭文，借此表达对南极英雄们的敬仰和怀念。原文为拉丁文其英语表述翻译如下：……when he was alive, Nature was afraid to be won by him, when he died, she wanted to die herself。

跋

书终于摆在大家面前了。

之所以姗姗来迟，其主要原因是本书正文中使用了太多的图片——200余幅。责任编辑认真负责，逐一确认每一幅图片的来源，力求避免版权和肖像权争议之类的问题出现。这些图片中——

a.与我行程有关的图片基本都是我自己拍摄，或已得到拍摄者书面使用授权。

b.书中地图、示意图均为本书作者使用计算机绘图软件生成。这些地图均为示意性，目的只为介绍该区域大体情况或相关事件发生的大致区域等，不应将其视为在国界（岛屿）争执中作者持有的立场或划界凭证。

c.书中探险史相关老照片均摄于1917年之前，迄今（2022年）已百年有余。中国著作权法规定："图片著作权的保护期限为作者终生及其去世后的第50年的12月31日。"因此，考虑到作者的寿限，可以肯定这类照片已不在保护期限内（以最著名的"特拉诺瓦"号探险队为例，这次探险发生在1910—1912年间，斯科特在这次探险中成功抵达南极点，并在返程途中不幸遇难。摄影师Herbert G. Ponting/庞廷为此次探险拍摄了大量的影像记录。庞廷在1935年去世，迄今已经87年）。

d.其余图片，比如"焦点访谈""中国南极其他科考站的照片""大冰障""冰雪下的罗斯岛""搬家中的南极点""坚忍号的沉船照片"等，均属于合理使用。中国著作权法规定的若干合理使用的场景之一："为介绍、评论某一作品或者说明某一问题，在作品中适当引用他人已经发表的图片作品。"作者个人认为，这些图片并不是本文重点，只是用来辅助读者了解一件事或一个事实。故这些图片在本书中的使用符合这一条款。

借此机会，感谢一下此书的编辑张才曰女士。没有她的坚持和努力，这本书很有可能就夭折了；她不厌其烦地挑刺也为本书增色不少（当然，文责自负）。

其次，需要感谢一下此行的同伴——王诗成老师和张永红同学。他们在行前、途中给了我莫大的帮助，此行能圆满成功离不开他们的付出。

在资料收集及此书面世过程中，还有很多人曾提供帮助，但限于篇幅，不能一一列举，就此一并致意。

散淡从容
于壬寅仲冬，北京